Neiges artificielles

Florian Zeller

Neiges artificielles

« *Que devient la blancheur
quand la neige a fondu ?* »

William SHAKESPEARE

« *Bientôt Noël. Hier, à deux heures du matin,*
je revenais dans cette avenue où j'habite,
cette avenue de mon enfance,
que j'ai tant de fois guettée de ma fenêtre,
tard dans la nuit, à l'approche de Noël,
pour qu'elle me livrât son secret.
Sous la lumière glacée de la lune,
le pavé était blanc comme la neige.
Il me semblait que de là-haut,
le front toujours collé à la vitre,
l'enfant que je fus regardait revenir ce traître. »

Jean-René HUGUENIN

Prologue ennuyeux

J'ai bien cru que j'allais y passer. La mort jusque-là n'avait jamais été une destination particulièrement angoissante. C'était peut-être un devenir, quelque chose de pas trop concret que l'on imagine mal, parce que c'est encore loin, là-bas, juste devant soi. J'avais, pour ma part, le sentiment d'être immortel.

Quand j'étais gosse, je voyageais beaucoup. Je fermais les yeux, et hop, on embarquait. C'était surtout l'univers qui me fascinait, les planètes, les trucs comme ça. Je voulais devenir explorateur. Tous les pays avaient déjà été découverts, il ne restait plus que le mystère des étoiles et des comètes. Celui des mots, aussi.

Je voyageais dans l'espace. Je cherchais la frontière qui séparait l'univers du reste. Il me semblait impossible que la matière fût infinie, et je passais des heures à tenter de visualiser cette limite. C'était sans doute les avant-signes d'une névrose bien féroce, allez savoir.

La mort me posait à peu près les mêmes problèmes que la notion d'infini : je ne *voyais* absolument pas ce que ça voulait dire. J'avais eu un chien qu'on avait retrouvé écrasé à trois rues de chez moi. C'est à peu près tout ce que j'en savais.

Mais un jour de novembre, le jour où elle me quitta, c'est mon cœur qu'on retrouva écrasé, et la vie commença sérieusement à m'ennuyer. Je venais de comprendre qu'il s'agissait d'un piège à cons.

Alors je me suis mis à chercher une idée pour laquelle je voulais vivre et mourir, une justification quelconque, une raison d'être. Évidemment, je n'ai rien trouvé et j'ai abandonné dans un caniveau mes rêves d'aventures, de grands destins et de choses sublimes. Car rien, rien ne venait infirmer l'absurde et le grotesque auxquels j'appartenais.

Je me suis débattu pendant plusieurs mois. J'ai bien cru que j'allais y rester. Tout me semblait terriblement ennuyeux : me lever le matin, me coucher le soir, faire semblant de ne pas faire semblant, serrer des mains, être poli et romantique, aller étudier et réussir, tout. Même le prologue du roman que j'essayais tant bien que mal d'écrire me semblait tragiquement ennuyeux. Mais voilà : ça m'ennuyait encore plus de l'effacer. C'est probablement comme ça que j'ai commencé à écrire.

Question ennui, j'avais une référence solide : Adam. Lui aussi, il avait dû s'emmerder à mourir dans son jardin pommé. J'avais évidemment lu le pavé qui racontait comment la femme avait été créée, comment la miséricorde s'était démerdée pour que l'homme puisse ne plus s'embêter ne serait-ce que dix minutes par jour, vingt pour les plus balèzes, et j'avais compris que l'ennui constituait le fondement de la démographie : plus on s'emmerdait et plus on était nombreux. Autrement dit, un constat déductif s'imposait : le monde n'avait jamais été aussi chiant. Notamment en Chine.

Et puis, il y a quelques semaines, j'ai eu une intuition, un truc bizarre, et j'en suis arrivé à la certitude que le monde ne mérite pas que l'on s'arrête sur la question du sens, sur sa logique éventuelle, sur son échec probable. Il y a une impasse évidente au bout de ce chemin, une sorte de vacuité froide et sévère.

J'avais pas mal bu ce soir-là et, traversé par une subite lucidité, j'ai compris ce qu'avait suggéré Bacon. *Les choses sont finalement assez simples* : un jour on naît, un autre jour on meurt, c'est tout. Et s'il peut se passer quelque chose entre les deux, c'est encore mieux.

C'est comme ça que je vois les choses maintenant, avec la volonté frénétique de combler cet espace en attente d'existence, de le combler avec tout ce qui traîne, avec tout ce qui n'est pas encore mort. Et de trouver dans l'amour, sans cesse, chaque nuit renouvelé, un chemin un peu moins vide, un peu plus infini.

À l'absurdité du monde, je voudrais répondre par sa beauté.

À sa beauté correspond l'émerveillement permanent.

PREMIÈRE PARTIE

CHAPITRE 1

« Le début ne laisse pas présager la fin. »

HÉRODOTE

1

J'avais bien trop bu pour accepter l'idée de me retrouver à nouveau en plein désert, et pourtant c'était une évidence, il n'y avait plus personne sur le quai, putain de merde ! je venais de louper le dernier métro.

C'est comme ça que l'histoire commence. Pourquoi pas après tout ? On peut vivre des aventures extraordinaires simplement parce qu'on a loupé un métro. Personnellement, ça me semble un début tout à fait plausible.

À vrai dire, ce n'était pas un cas isolé. Rien que dans la semaine, j'avais loupé une dizaine de métros. Et toujours d'une façon exaspérante : j'entendais la sonnerie parcourir les couloirs et, au moment où je déboulais sur le quai, j'apercevais, complètement essoufflé, le métro qui disparaissait lentement, comme si de rien n'était.

La récurrence de ces incidents semblait leur donner une signification mystique. Du genre : tout le monde est parti, sauf toi. Ou alors : t'es encore le seul à attendre un train qui vient de partir.

Le terme « train », dans l'énoncé du problème, suffisait à me déprimer. Je pensais, non sans poésie, à ces trains que l'on attend et qui jamais ne viennent. Cependant, la poésie ne réglait pas tout, car dans mon cas le métro était bien venu, il s'était même arrêté un instant. Simplement, ce salaud s'était tiré sans m'attendre.

J'en venais à me demander de quoi me parlaient ces petits ratages permanents, s'il n'existait pas, derrière les détails anodins du quotidien, une signification, un message. Si ce n'était pas une façon détournée de me désigner comme éternel raté de la vie.

2

Les choses sont ainsi faites que chacun, à un moment ou à un autre de sa vie, a l'impression d'avoir tout échoué ; ce moment, pour moi, avait joyeusement commencé le jour de ma naissance et semblait vouloir se prolonger indéfiniment. C'est pourquoi il m'arrivait de vivre des événements sans importance, métropolitains ou autres, comme un effondrement central de l'être.

L'abattement voit en chaque chose une pièce à conviction du désespoir. À ce moment-là de l'histoire, je n'étais ni tout à fait debout ni tout à fait à terre. J'étais à genoux pour ne pas céder, comme il eût été si facile, à la tentation du nihilisme de salon, au désenchantement mondain. Et pourtant je n'étais pas vraiment enchanté. J'étais entre les deux, incertain.

L'enthousiasme était à l'incertitude le seul antidote que j'avais trouvé. Il m'arrivait de découvrir des reliques d'espérance incrustées en moi comme les fossiles dans la pierre ancienne, étrange assemblage d'éléments que tout semblait écarter. J'entrevoyais des lendemains sublimes qui rendaient d'autant plus insupportable la tiédeur des aujourd'hui, et je repartais avec ces visions positives dans les poches trouées de ma mémoire. Je gonflais la poitrine et, brandissant le poing, je répétais cette phrase que je n'avais jamais bien comprise, mais qui, j'en étais sûr, témoignait d'une certaine compréhension de la nature humaine : *après moi, le déluge.*

Mais, cette fois, je n'y mettais pas le ton. Rien ne sortait de ma bouche. Après moi : rien du tout. Avant moi : *nada.* Sans moi : exactement la même chose. À la limite : *sans elle, le déluge* ; d'ailleurs j'en parle plus loin.

3

En apercevant le métro s'éloigner, je réalisais d'une façon très concrète que la vie m'échappait totalement. Certains phénomènes étranges, comme le loupage de métros, se produisaient quotidiennement, mais leurs raisons d'être restaient obscures. Au fond, je ne m'acharnais pas à les comprendre. C'est en renonçant régulièrement à des paliers de compréhension que l'homme a survécu à la vie.

Cependant, j'étais troublé. Je m'efforçais de ne pas confondre l'abandon au hasard avec cette harcelante préméditation de l'inconnu. La vie me semblait bourrée de signes, de codes, de coïncidences. Il m'était arrivé plusieurs fois, par exemple, de croiser dans la rue un visage pratiquement identique au mien. L'idée de ne pas être vraiment unique était plutôt déplaisante. Celle de n'être qu'un numéro, un visage de plus, la répétition d'un éternel zéro plastique était même carrément désagréable. Cette expérience me rappelait l'histoire d'un explorateur qui avait découvert en plein milieu du pôle Nord un corps anonyme, inerte, conservé par la glace. Il s'était approché et avait été pris d'une terreur indicible quand il avait constaté de plus près que la glace ne constituait qu'un miroir et qu'il *se* voyait, de l'autre côté, prisonnier depuis de longues années : même visage, exactement. Il venait de découvrir son propre père qui avait disparu des années auparavant lors d'une expédition. Ils avaient tous les deux trente et un ans, au milieu de cet ailleurs fait de glace et d'oubli, le père et le fils, même visage, exactement. Ils se regardaient droit dans les yeux ; ils se seraient même pincés réciproquement si la glace ne les en avait pas empêchés.

4

J'avais l'impression d'être dans la situation de cet explorateur, le froid en moins. Il se passait quelque chose de révélateur sous mes yeux. Le quai était vide.

Évidemment, tout ça ne voulait rien dire de précis, les impressions ne pouvaient pas s'additionner comme des chiffres pour former des équations, il n'y avait pas de réponse, et la question elle-même n'était pas très claire. C'était juste déroutant. Je m'étais dit à l'époque que je devais noter quelque part cette histoire d'explorateur. Pour la reprendre dans un éventuel roman, si un jour je perdais la raison au point de me mettre à écrire. Car la subtilité énigmatique qu'elle recelait, avec un peu de chance, contaminerait le reste.

Il paraît que le succès actuel de Nietzsche s'explique en partie par le développement des transports en commun. Il est vrai que le concept de conflit de puissance prend une dimension tout à fait concrète quand on transpire en commun, quand on étouffe des manteaux, des sacs, des visages infinis des autres, et que chacun se découvre, aux heures de pointe, des compétences d'assassin, lorsqu'un strapontin se libère enfin.

Malheureusement pour moi, ce soir-là, cette expérience nihiliste et hautement philosophique ne m'était pas destinée, car – et c'est là que je voulais en venir – je venais de louper le dernier métro.

Chapitre 2

« *Aujourd'hui, rien.* »

Louis XVI

1

Je fis demi-tour vers le même couloir froid avec la sensation inconfortable d'une action manquée. Comme si l'instant pourtant anodin que je venais de vivre ne m'appartenait pas entièrement, comme s'il échappait au contrôle de ma volonté, rétif, insoumis. Il m'arrivait parfois de me sentir étranger à moi-même, et d'avoir l'impression de me laisser flotter sur une mer inconnue, calme, reposante. Il m'arrivait régulièrement d'oublier les traits de mon visage, et ils me revenaient à la mémoire comme on se souvient d'un détail sans importance, d'un élément lointain contrecarrant la tentation de l'oubli. J'étais alors surpris d'être qui j'étais, et non un autre. Étais-je un individu ? Je crois pouvoir dire que je ressentais les choses individuellement, le plaisir, le dégoût,

21

l'angoisse, il m'arrivait même d'employer des pronoms à la première personne avec une sensation fugitive d'humanité, mais je ne peux pas encore dire si *je* m'appartenait véritablement ; alors je cherchais, et je continuais à simuler l'individualité en attendant d'avoir trouvé. En tout cas, ce qui était sûr, c'est que j'allais devoir me taper un taxi pour y aller.

2

J'avais rendez-vous avec les autres une demi-heure après. Ça faisait plusieurs mois que j'entendais parler du *Star*, mais je n'avais jamais eu l'occasion d'y aller. On m'avait dit qu'ils étaient très sélectifs à l'entrée. La notion de sélection était vitale pour les clubs de ce genre. Heureusement, Florian s'était débrouillé pour nous trouver des cartons d'invitation. *A priori*, on ne risquait rien.

Pourquoi ce lieu m'attirait tant, je ne pouvais le dire. Pour être tout à fait honnête, je ne peux même pas dire que j'avais déjà l'intuition de ce qui allait m'arriver pendant la nuit. Ça faisait plusieurs jours que j'attendais cette soirée, comme un Noël d'enfant, comme si j'en espérais quelque chose de salvateur, mais j'étais incapable de savoir pourquoi. Sinon, en guise de téléphone, j'avais un Sony dernier cri, couleur platine, avec toutes les options disponibles. J'aimais bien le tenir dans la main car il était particulièrement léger. Il partageait avec la vie quotidienne une caractéristique fondamentale, l'imprévisibilité. Tout pouvait encore arriver. Tout pouvait encore être sauvé.

Dans le couloir du métro, j'entendais mes pas résonner, j'avais envie de chanter ou de crier, mais je restais silencieux, persuadé d'être observé. Je ne me sentais jamais totalement délivré d'une certaine présence, d'une présence harcelante, fictive. Du coup, j'étais souvent très sociable. Ce soir-là, par exemple, j'aurais pu tuer deux types. Le premier parce qu'il avait renversé son verre sur mes chaussures, le second parce qu'il s'était mis à rire comme un abruti. Je détestais les abrutis.

Il faut dire que je revenais justement d'un dîner où il y en avait plein. Florian m'avait dit qu'il valait mieux ne pas se pointer au *Star* avant minuit, et j'avais accepté ce dîner avant de m'y rendre. Ça faisait plus d'un mois que Marie m'invitait régulièrement et que je décommandais à la dernière minute. J'avais eu, jusqu'à ce soir-là, une très bonne intuition.

Pendant tout le dîner, je n'avais pratiquement pas ouvert la bouche, sauf pour manger. Je n'attendais qu'une seule chose, la soirée qui allait suivre. Je ne me doutais pas qu'au même moment un nombre incalculable de métros circulaient, déversaient et aspiraient la masse informe des voyageurs anonymes, que tout fonctionnait *normalement*, et que cette organisation magnifique allait s'effondrer au moment précis où j'allais me rendre sur le quai. J'avais lu plusieurs essais qui critiquaient la mécanisation du monde. Les machines prenaient de plus en plus de place, elles s'imposaient progressivement dans toutes les sphères de la vie. À force, on ne les voyait plus. À force, on oubliait notre dépendance. Mais je n'étais pas du genre à critiquer ces transformations. Je manifestais même une certaine indifférence envers les propos fatigants qui s'alarmaient pour rien. Oui, l'homme vivait de la mécanique. Oui, l'homme perdait son humanité. Et après ? Et après rien du tout.

Je considérais que les gens qui posaient un regard nostalgique sur ce qui était en train de se produire sous nos yeux n'avaient par définition rien compris. Le sentiment de décadence a toujours accompagné les modifications du monde. Toujours, à toutes les époques. La nôtre n'avait en cela rien d'original. Les forces étaient peut-être un peu plus vives, puisque l'on sentait que les transformations en cours étaient bien plus profondes, bien plus effrayantes, mais le principe était le même, un simple processus d'évolution.

On en était donc à un stade d'ultime dépendance. De la dépendance, la fragilité ; et de la fragilité, le doute. Je me demandais parfois ce qu'il adviendrait si la grande mécanique mise en œuvre pour gérer nos vies venait à s'effondrer sous nos yeux. J'avais comme tout le monde entendu parler, pour le nouveau millénaire, de l'arrêt probable du système informatique. La situation aurait été très gênante pour moi. J'avais déjà du mal à changer le sac de mon aspirateur lorsqu'il était plein, et je savais bien que l'humanité tout entière était mal barrée si quelqu'un comptait sur moi pour réagir en cas d'implosion généralisée.

Finalement, on s'était réveillé le 1er janvier avec un immense soulagement. Il ne s'était rien passé pendant la nuit. On avait juste perdu quelques fanatiques aux aspirations exotiques. Rien de grave en somme. La vie continuait. Mais je persistais à me demander ce qu'il adviendrait dans le cas d'une panne globale, je me demandais vraiment ce qu'il resterait de l'Homme. C'était le genre d'idées connes qui me traversaient souvent l'esprit.

J'avais donc passé plusieurs heures chez Marie à m'ennuyer. Elle avait commandé des sushis et de l'alcool de prune. Comme d'habitude, j'avais été particulièrement chanceux : un gros porc s'était posé à côté de moi.

J'avais décidé de ne pas m'asseoir en premier, car on ne sait jamais *qui* va s'installer sur la chaise d'à côté. La technique la plus sûre consiste à attendre un petit peu, en simulant un intérêt pour une photo ignoble flanquée d'un cadre-en-faux-argent-de-grande-surface, oh ! comme c'est joli !, et à venir s'asseoir ensuite, une fois que les premières fesses se sont déjà installées, en choisissant royalement celles qui vous semblent les mieux gaulées. Malheureusement, sur ce coup-là, j'avais été particulièrement mauvais. N'ayant trouvé aucune photo propre à justifier un léger retard dans la précipitation vers les chaises vides, je me suis replié sur un calendrier que j'avais miraculeusement trouvé aux chiottes, et, le temps de l'éplucher, tout le monde avait déjà choisi sa place. Il n'en restait plus qu'une à côté de Porc.

J'avais espéré, plein d'étoiles dans les yeux, que les couverts non utilisés à ma gauche annonçaient l'arrivée tardive d'une Belle au bois dormant tout juste réveillée de son long sommeil, mais j'avais oublié que la lumière des étoiles peut aussi nous parvenir longtemps après leur extinction. Marie s'est levée et nous a demandé de nous décaler, et je me suis retrouvé coincé entre Porc et un radiateur éteint. C'est là qu'elle nous a dit qu'on avait des sushis. J'ai regardé pendant une bonne partie du dîner le phénomène paléolithique qui se trouvait à ma droite et qui écartait suffisamment les cuisses pour m'obliger à faire des contorsions sur ma chaise. Un détail intrigant : un petit filet de bave reliait en permanence sa bouche et les baguettes japonaises qu'il plongeait avec frénésie dans la fosse commune au soja, et, sans trop savoir pourquoi, l'appétit m'est rapidement passé, je me suis contenté de l'alcool de prune.

Enfin le dessert est arrivé. Selon mes calculs imbibés, le dîner était bientôt fini, et j'allais avoir le temps d'attraper le dernier métro. Soudain, coup de choc propre à faire sursauter un invité légèrement endormi, on éteint les lumières. La panne généralisée de la grande mécanique humaine ! me suis-je instantanément dit. Mais non, déjà une fille revenait de la cuisine avec des bougies astucieusement posées sur un gâteau. Allait-elle réparer les plombs ? Non, elle semblait plutôt se diriger vers la table. Que voulait-elle faire au juste ? C'est au moment où elle posa le gâteau devant Marie et qu'une chanson qui m'était familière résonna dans tout l'appartement que je réalisai qu'il y avait quelque chose à voir avec un anniversaire. La logique la plus élémentaire, que je maniais en général avec dextérité, me permit de supposer que c'était celui de Marie, le gâteau étant posé juste sous son nez. J'ai jeté un coup d'œil furtif à droite, à gauche, personne n'avait l'air surpris, il n'y avait que moi. Tout le monde a sorti ses cadeaux. Je l'ai même entendue dire que c'était vraiment touchant, que personne ne l'avait oubliée.

J'ai alors profité d'un moment d'inattention collective pour me réfugier dans les chiottes, histoire de me faire un peu plus discret. (Et puis, je voulais vérifier un truc dans le calendrier.) J'ai laissé tourner l'heure et, un peu avant mars, deux filles se sont plantées devant la porte, isolées du salon, et – oh désespoir ! – ont commencé à parler de leurs histoires

le cœur. Selon toute vraisemblance, ça allait prendre
les plombes, et je me voyais mal sortir des chiottes,
l'air de rien, alors qu'elles se trouvaient devant la
porte depuis plus de cinq minutes. Même la technique de sortir en sifflotant n'y pouvait rien. C'est dire
si j'étais mal barré. J'avais toujours la possibilité de
me tirer en courant, mais était-ce vraiment une solution ? Si ça se trouve, j'allais même louper le dernier métro.

Pourtant, Marie était une fille bien. Je me souvenais d'être sorti avec elle, adolescent. On s'était rencontrés dans un hôpital. Un copain s'était fait opérer,
et j'étais allé le voir tous les soirs après les cours. Au
début, c'était uniquement pour le soutenir, mais, très
vite, les choses prirent un tour complètement différent. Marie le connaissait aussi et passait comme
moi en fin de journée. Je l'ai trouvée très belle. On a
commencé à se voir de plus en plus souvent, dans
cette chambre d'hôpital sordide, à rester auprès de
notre copain de plus en plus tard, comme si on se
sentait davantage responsables de sa douleur. Le
pauvre. Mais en même temps, on ne voulait pas le
fatiguer avec une présence excessive, et on se retrouva très vite dans la cafétéria de l'hôpital. Le jour
où on s'est embrassés pour la première fois, sur le lit
parallèle au sien, on a estimé qu'il valait mieux, do-
rénavant, le laisser terminer sa convalescence tranquille. D'autant que les grincements de ce même lit
ne devaient pas l'aider à faire ses siestes.
Mais cette histoire n'avait pas duré trop longtemps.
Je la revoyais maintenant depuis plusieurs mois et
j'avais la vague impression qu'elle tentait de se rapprocher de moi. Ce n'était pas qu'elle me déplût, elle
était même plutôt jolie, mais quelque chose me gê-
nait. On avait déjà passé plusieurs nuits ensemble à

l'époque, et l'idée de refaire ce que j'avais déjà fait m'était désagréable. Il me semblait que la répétition des choses constituait toujours une preuve d'échec. Retourner avec une fille d'avant, c'était avouer qu'on n'avait rien trouvé de mieux depuis, c'était avouer que l'apogée sexuel se situait quelque part entre les quinze et les seize ans ; ça craignait, quoi. Pour ces raisons, je prenais chaque jour comme une occasion unique de renouveau. Quand je sortais, je ne voulais qu'une seule chose : revenir avec une fille inconnue, briser le cycle infernal des répétitions. La nuit n'avait d'intérêt qu'à travers les nouveaux visages que je pouvais conquérir. Certes, il m'était déjà arrivé, aux heures de détresse, de revenir avec des filles avec lesquelles j'avais déjà couché, mais c'était surtout l'œuvre de la détresse. Au *Star*, justement, je savais qu'il y aurait plein de belles filles.

Ainsi, quand Marie s'arrangea pour qu'on se retrouve tous les deux dans la cuisine et qu'elle dégrafa le haut de sa robe, laissant apparaître ses deux seins blancs, je détournai les yeux et la repoussai tendrement. Au fond, j'étais quelqu'un de très bien.

Dans le taxi, je pensais à une phrase italienne. C'était un extrait de *Don Giovanni*. L'opéra.
Pur ché porti la gonnella, voi sapete quel ché fà.
Ça voulait dire : tout ce qui porte jupe, vous savez ce qu'il en fait. J'avais remarqué que les mots s'abîmaient très vite et qu'une érosion similaire à celle qui ronge le désir participait à ce mouvement. Toutes les phrases que l'on répète mécaniquement sont vides. On dit des choses et, à force de les dire, on les fait disparaître de l'existence. C'est pour ça, par exemple, qu'il ne faut pas dire trop souvent à une fille qu'on l'aime. Ou alors qu'il est conseillé d'aller aussi rarement que possible à la messe.

Tout semblait suggérer qu'une épidémie dangereuse avait contaminé le langage ; son symptôme consistait en un automatisme niveleur qui l'alignait constamment sur les formules les plus générales, les plus vides. De sorte que même cette remarque devenait d'une banalité inexcusable. Je détestais les mots utilisés sans réflexion et les discussions de dîner, je détestais écouter les gens dans la rue. Les gens étaient finalement de drôles de types. Voire des cons. La preuve que c'étaient tous des cons, tout le monde était d'accord pour le dire.

On arrivait enfin dans le quartier de Saint-Germain. Il y avait dans le taxi une odeur de cuir qui me dérangeait. À travers la vitre, on apercevait les boutiques à la mode, toutes les reliques du beau monde, le luxe et la beauté. J'avais justement acheté un ensemble en lin chez Armani dans la journée. La vendeuse était d'une beauté insoutenable. J'avais même hésité à l'embrasser dans les cabines d'essayage. Car, personnellement, je savais ce que je voulais en faire, de toutes ces jupes, j'avais des tas d'idées, mais voilà : je n'y parvenais pas toujours. Du coup il m'arrivait d'en rêver. On m'avait dit que le rêve servait à consolider l'information acquise pendant la journée, ce qui me semblait particulièrement ridicule, vu qu'on peut très bien rêver les jours où il ne s'est absolument rien passé. Il était quand même tout à fait surprenant que les petites ondes envoyées en direction du cortex visuel, appelées ponto-géniculo-occipitales, prissent dans mon cas la forme systématique d'une femme nue et particulièrement avenante. Quelqu'un m'avait dit un jour que c'était une obsession.

7

Étais-je un obsédé ? En toute franchise, je crois que oui. Ou alors, j'avais un inconscient qui manquait cruellement d'imagination. Je voyais à peu près ce qu'on était censé faire lorsque l'on tombait amoureux d'une fille (se pendre). Mais que fallait-il faire quand on se sentait les dispositions pour aimer toutes les femmes à la fois ? J'étais incapable de le savoir, et, comme pour toutes les grandes incertitudes, c'était la débâcle, la débauche, la débandade.

Mon fonctionnement était finalement assez simple. Tant qu'une fille me résistait, elle m'attirait : la pensée qui s'arrête devant un obstacle a pour seul effet d'exciter la passion plutôt que de s'y opposer. Cette équation de la jouissance est une constante de la nature humaine, une donnée de la structure psychique : on veut ce qu'on ne possède pas encore. C'est pour ça que l'amour est une escroquerie.

Les rues, les parcs, tous les endroits publics où je n'étais livré ni à moi-même ni à mon cœur, m'apparaissaient comme des espaces de liberté où je pouvais librement devenir carnassier à la simple vue d'une jolie fille. Il paraît qu'il existe des insectes qui meurent au moment de la fécondation. J'y pensais parfois, lorsque je faisais l'amour, puisqu'il en allait ainsi de toute joie : le moment de la jouissance suprême précédait d'un instant, d'un instant seulement, celui de la mort et du dégoût.

Il faisait particulièrement lourd ce soir-là, et je commençais à regretter de ne pas avoir mis mon pantalon en lin. À la radio, on parlait des conflits israélo-arabes et de l'accusation pour faux et usage de faux d'un ancien ministre, et je me demandais si mon pantalon irait avec ma nouvelle chemise bleue, tout en constatant que je ne m'étais encore jamais posé la question.

Assisté de la vitre, je remis coquettement ma mèche en place, et le sourire moqueur du chauffeur rebondit dans le rétroviseur ; de quoi comprendre qu'il me considérait comme un con sidéral.

Je changeai de position pour attraper mon paquet de cigarettes, mais le rétroviseur, justement, me démontra froidement, en reflétant un doigt qui désignait une petite pancarte, qu'on ne pouvait pas fumer dans le taxi. Bon.

J'aurais bien voulu commencer le quart du début d'une discussion avec le chauffeur, car la situation nous y invitait d'une façon, certes implicite et détournée, mais chargée d'une gêne évidente, presque palpable sur mon visage, et donc particulièrement oppressante – mais que pouvais-je lui dire ? La vraie question concernait surtout l'angle d'attaque, le mot par lequel je remplirais ma fonction, mon devoir social d'aller vers l'autre, de le tenir aussi proche que possible de moi-même, quitte à me mentir, à me métaphoriser en une marionnette sociale qui n'aurait plus rien à voir avec ce que j'étais, avec ce que je croyais être, rigolant faussement de l'abdication obligée de ses ficelles, de ses mouvements, de son identité.

Le mot, donc, mais quel mot ? Il y avait toujours la météo, qui présentait cependant plusieurs risques qu'il eût été dangereux de négliger. Tout d'abord, je n'aurais probablement pas été le premier à lui faire le coup dans la journée, et je ne voulais surtout pas l'agacer, car un chauffeur de taxi qui vous veut du mal fait exprès de rouler plus lentement, freine des kilomètres à l'avance pour être sûr de devoir s'arrêter au feu rouge, et peut même aller jusqu'à faire des détours pour vous faire raquer davantage. L'autre risque, à l'opposé de celui-ci, correspondait plutôt à une situation où il se mettrait, soudainement délivré du silence pesant, à décliner tout le bulletin météo de la semaine et, par voie de conséquence, à rouler tout aussi lentement.

Le début d'une discussion est aussi difficile que celui d'un roman. Cette comparaison, cependant, ne m'aidait pas tellement ; je me voyais mal lui balancer : « Longtemps, je me suis couché de bonne heure, mais ce soir je vais voir des amis au *Star*. » Ou encore : « J'ai bien cru que j'allais y passer, mais j'ai préféré retrouver des potes dans une boîte branchée... » Il valait mieux se taire. C'était d'ailleurs de plus en plus ce que je me contentais de faire, me taire. Car, depuis un peu moins d'un certain temps, je n'avais plus tellement envie de parler.

Sans elle, le déluge.

À travers la vitre, je regardais le ciel sombre. On se serait cru au beau milieu du mois d'août, la nuit, quand ça commence à parler des orages et de la pluie. Quand on pressent que ça ne pourra pas éternellement simuler l'été.

8

Lou. C'était son prénom. Les choses avec elle prenaient un tour complètement différent. Une exception dans mon rapport au monde, une incohérence subtile. Je savais qu'elle serait là, et je n'étais pas loin d'admettre que c'était essentiellement pour la voir que je voulais aller au *Star*.

Je ne pense pas que l'on puisse véritablement parler d'amour, et pourtant, en un sens, je l'aimais. En un autre sens, je l'aimais comme un fou.

Mais platoniquement.

Je trouvais que l'idée de la passion platonique était magnifique. Bon, c'est vrai qu'elle m'y encourageait, vu qu'elle m'ignorait complètement. Mais quand même. En face d'elle, j'étais un autre, je trichais par incapacité. Elle avait une présence désinvolte qui me volait à moi-même ; pour faire vite, je ne pensais plus du tout au sexe. Et c'était curieusement les moments où je m'estimais le plus.

Depuis un mois, elle était revenue. Dans mes rêves, elle m'appelait « mon cœur » ; dans la réalité, elle ne m'appelait pas, malgré les messages que je lui avais laissés sur son répondeur. Les musiques les plus mièvres parvenaient à me toucher et réveillaient en moi une nostalgie latente dans le silence. Le soir, je ne m'endormais pas – ou difficilement ; je restais dans le noir, les yeux clos, à inventer les situations hasardeuses qui m'auraient permis de la revoir, de la séduire à nouveau. Cela ne m'empêchait pas de regarder d'autres filles ou de continuer à être un obsédé de première division. Mais, comment dire, mon attention se focalisait essentiellement sur elle.

On s'était connus plusieurs années auparavant, on était sortis ensemble quelques mois, tout proches, tout proches, puis elle m'avait quitté. À part la fin, cette histoire avait été complètement différente de ce que j'avais connu jusque-là, et, d'une certaine façon, je portais encore en moi cette déchirure comme un chien blessé. La séparation avait été douloureuse, mais je m'en étais accommodé, et j'avais fait le maximum pour me rallier au slogan du monde, celui que Baudelaire avait lui-même commercialisé : « L'ivresse est nombre. » J'avais été ivre mort pendant un peu moins de six mois, puis on s'était retrouvés par hasard à un dîner chez une amie commune, l'autre jour, et, depuis, j'étais replongé dans le passé. Ma déchéance était belle, puisqu'elle ne m'avait pas éloigné trop longtemps d'elle ; belle, car la beauté n'est jamais ce vers quoi l'on va, mais ce vers quoi l'on revient.

Mon rapport aux autres avait ceci d'intrigant que je ne pouvais plus, désormais, me passer de l'un d'entre eux.

Charlotte m'avait dit que Lou viendrait au *Star*. J'avais mis un pantalon noir que j'aimais bien et une chemise grise en Lycra. Je m'étais aussi nettoyé les oreilles avec des Coton-Tige. J'étais plein d'espoir. On peut dire que j'avais, en quelque sorte, la lucidité de Louis XVI, lorsqu'il avait noté dans son journal intime, à la date du 14 juillet 1789 : « *Aujourd'hui, rien.* »

CHAPITRE 3

« La boue est rouge ou noire. »

Arthur RIMBAUD

1

J'avais reçu le carton d'invitation la veille, il était dans ma poche, ou plus exactement dans ma main qui était dans ma poche. Je le tenais fermement de peur de l'égarer stupidement. D'après ce qui était inscrit sur le carton, le thème de la soirée était *Le devenir de l'homme*. Je repensais, en me dirigeant vers l'entrée principale, à la poussière à laquelle nous étions tous promis, comme s'il existait une boucle étrange par laquelle l'origine et l'avenir se confondaient. En visualisant les tableaux pornographiques de Courbet, je considérais ce que cette prédiction avait de sympathique.

Le devenir de l'homme. Je ne savais pas s'il fallait se déguiser, s'il fallait faire référence d'une façon ou d'une autre à ce thème, et, dans le doute, j'avais acheté une boîte de Lexomil, avec comme idée de l'attacher à une ficelle, de la passer autour du cou, et éventuellement de me pendre avec, mais j'avais finalement estimé qu'il valait mieux ne pas se faire remarquer. D'ailleurs, devant le *Star,* je remarquai que tout le monde ne voyait pas l'avenir de la même façon. Certains avaient même osé les fourrures, les paillettes et le latex. Il y avait une ambiance plutôt optimiste dans la queue.

Il fallait à présent passer l'épreuve de la sélection, car je savais qu'il ne suffisait pas d'avoir un carton pour pouvoir entrer dans cet établissement. Il y avait justement devant la porte un type qui semblait à lui tout seul confirmer les théories controversées de Darwin, probablement un videur, et qui, au demeurant, ne me vida pas et me laissa rentrer après consultation de mon carton. C'était maintenant une certitude, nous descendions bien du singe. Le videur était resté perché, le vertige je suppose.

Une fille tira le rideau rouge, et, au moment où je pénétrai à l'intérieur, la pensée me vint que c'était quand même le *Star.* J'allais peut-être croiser des personnes connues, mais cette perspective me laissa indifférent. Je refusais de me soumettre à l'extraordinaire récupération des marionnettes de l'histoire, selon laquelle il faudrait être César – ou rien. Pour moi, c'était réglé, je n'étais rien du tout.

La luminosité était plutôt sombre, il y avait plein de monde. Je fis un tour pour retrouver Florian et les autres. Avec cette histoire de métro, il devait être au moins une heure du matin, si ce n'est plus. De petites bougies étaient posées sur chaque table, et l'on voyait à peine ce qui se passait dans le noir. Dans mon imagination, je devinais des corps qui se touchaient, qui se frôlaient, qui se léchaient, voire plus si affinité, mais, dans la réalité, on ne voyait pas bien.

Les filles portaient des trucs courts ; je ralentissais un peu le pas devant les couples qui s'embrassaient ou devant les filles qui buvaient des cocktails colorés. Il y avait notamment une brune, très grande, qui embrassait un type bien fringué, ils semblaient s'aimer. Ça faisait mal au cœur.

Je balayais du regard l'horizon de corps et de sueur pour tenter d'apercevoir Florian : en vain. Le style était en fait très décontracté, il me semblait presque que j'avais une allure de fonctionnaire ou de chef d'équipe de l'entretien sanitaire. Il faut dire : qu'est-ce qui m'avait pris de ressortir ce nœud papillon ? Cela dit, il faisait noir, et on s'en foutait.

2

Enfin, j'aperçus Florian. Il parlait dans un coin avec quelques personnes. À la lumière de la bougie, un type caressait les seins d'une blonde qui me fixait droit dans les yeux, et à laquelle je fis un signe de tête en guise de salutation, c'était Jennifer, une Américaine, hello, enchanté. Charlotte était là, elle aussi, mais elle était seule, aucune trace de Lou, tu sais si elle vient ? Aucune idée, elle m'a juste dit peut-être. Florian avait une drôle de tête, il souriait tellement qu'on sentait qu'il était profondément triste, il se poussa un peu pour me faire une place sur la banquette.

— Alors, qu'est-ce que tu faisais ? On t'attend depuis des heures.

— J'ai loupé le dernier métro, ai-je répondu automatiquement, comme si j'avais préparé ma réponse à l'avance. (J'avais de la repartie.)

— T'as pris un taxi ?

— Ouais.

Florian était un type étrange. Il avait vingt et un ans et des poussières. Surtout des poussières. Un événement avait bouleversé sa vie, et, depuis, il n'était plus tout à fait le même. À l'âge de dix ans, lors d'une de ses expériences, il avait introduit dans une prise électrique un fil de fer qu'il tenait dans sa bouche. L'expérience avait été concluante, et la réaction, instantanée. On l'avait hospitalisé plusieurs jours, car la décharge avait duré pratiquement une minute. On avait craint qu'il perdît la parole, mais, après des soins intensifs, les seules séquelles qu'il avait conservées étaient une volonté féroce d'écrire des livres, et une étrange coiffure : ses cheveux semblaient s'être définitivement cristallisés sur son crâne comme des stalagmites désordonnées.

Il me servit un verre sans rien dire. Nous nous étions connus au début du collège. Il avait à l'époque une tête blonde qui ne me revenait pas, nous nous détestions. Il avait le regard froid et sévère, alors que j'étais en recherche permanente d'amitié. L'été, nous partions tous les deux dans le même village de Bretagne, nos deux maisons n'étaient séparées que de quelques rues. Nous nous croisions parfois sans pour autant nous parler, jusqu'au jour où nous étions devenus, pour une raison sans raison, des amis pratiquement inséparables. Nous avions pour ennemi commun – car c'est le partage de l'inimitié qui constitue le meilleur ciment de l'amitié – ceux que nous appelions « les tièdes », ceux qui se laissaient enfermer dans des boîtes closes sans réagir, sans réagir à l'extinction des feux de leur enfance ; nous avions pour ennemi commun ceux que nous étions devenus, des pauvres types un peu trop sérieux.

Mais qu'aurais-je pu devenir d'autre ? Il y avait eu de grands espoirs, des moments d'éclatante joie, mais la poussière était progressivement retombée à terre ; il me semblait quelquefois que j'étais sur le point de mourir à moi-même, et, devant cette petite mort, je n'avais pas de dernière phrase, pas de grand salut ni de substance inédite. Je sentais que j'allais crever sans avoir dit grand-chose.

J'étais d'abord tombé dans le piège. J'avais voulu devenir célèbre, moi aussi. J'avais faussement eu l'impression que je souffrais plus que les autres, pour la simple raison que je pouvais sentir ma souffrance, et non celle des autres. Et cette supériorité dans la souffrance impliquait, dans mon imaginaire, un destin chaotique et splendide. Mais je passais plus de temps à inventer ce destin qu'à le construire, j'étais prisonnier d'un espoir qui m'employait à mi-temps et qui prenait souvent la forme insupportable d'une exigence de performances. Si bien qu'un peu plus tard, principalement par lâcheté, j'avais abandonné ces projets pour me replier sur des petits bonheurs de proximité. J'avais finalement décidé de vivre simplement en n'ayant rien à prouver, sauf à celle que j'aimais. Cela me suffisait.

3

Celle que j'aimais.

Je ne la voyais toujours pas. Plusieurs fois, j'avais cru la reconnaître, mais la silhouette en se rapprochant perdait tout de son corps magnifique. À en juger par le rythme saccadé avec lequel je tapais ma cigarette contre le cendrier, je devais avoir une mauvaise intuition. Au fond de moi, je ne savais pas vraiment ce que j'attendais d'elle. J'avais senti dans son regard, quand on s'était revus, une froideur qui indiquait qu'elle ne m'aimait plus, qu'elle ne m'aimerait peut-être jamais plus. J'essayais cependant de nuancer ce constat douloureux en me rappelant qu'elle avait toujours été froide, distante, inaccessible. Je me souvenais par exemple des quelques fois où je l'avais vue pleurer, elle avait de grosses larmes, particulièrement grosses, et souvent je n'avais pas réussi à comprendre d'où elles étaient venues, ce qu'elles signifiaient. Elle disait que ce n'était rien, qu'elle avait parfois des accès de tristesse et qu'il ne fallait pas s'en soucier. Tout ce que je savais, moi, c'était que les ponts qui nous reliaient étaient suspendus au-dessus d'un abîme d'incompréhensions, et qu'au moindre faux geste c'était la chute.

— Tu les as déjà goûtés ?
— Quoi ?
Florian et Charlotte me regardaient d'un air interrogatif.
— T'as déjà goûté les cocktails du *Star* ?
— Non, je ne crois pas...
— Ce sont des cocktails solides, en gelée avec de l'alcool.
— En gelée ?
— Mouais, en gelée, comme la gelée américaine. C'est comme avec les crêpes au Grand Marnier, tu te soûles en mangeant...
Américaine comme la gelée, Jennifer se tenait debout devant moi et remuait son corps au rythme de la musique. Cela faisait un peu l'effet de la gelée en question. Elle prit quelques gorgées et nous ten-

dit les mains pour l'accompagner danser. « On arrive », lança Florian, et Jennifer retourna vers la piste.

Florian s'est levé, je suis resté sur la banquette. Je n'aimais pas la danse, il y avait quelque chose de spontané qui ne m'allait pas trop. Charlotte était aussi là, on regardait tous les deux dans le vide. J'avais l'avantage notoire de tenir un verre dans la main, ce qui me donnait une sorte de contenance. Un air un peu moins con en tout cas. Je regardais au loin pour voir ce qu'elle regardait, apparemment rien de précis. Nous avions un point commun.

Je me suis demandé ce que je faisais dans ce genre d'endroit, et j'ai pensé à Lou. Elle constituait finalement le seul motif de ma présence. Je n'avais aucune affinité avec ces lieux nocturnes dont le terme « boîte » résumait bien la dimension carcérale. Et, d'une façon plus générale, je n'avais aucune affinité avec mon époque. J'avais l'impression de la traverser sans l'investir tout à fait. Ou, plus exactement, je ressentais une sorte de nostalgie pour une vie que je n'avais pas vécue. J'étais inexplicablement projeté dans une douce tristesse, vers un passé inventé ou un futur incertain, et cette inadéquation était parfois si forte qu'il me semblait que ma vie ne se passait plus dans le présent.

Carmen s'est assise en face, on s'est dit vaguement bonjour ; elle portait une robe blanche qui mettait en avant la couleur ensoleillée de sa peau. Elle avait ce quelque chose propre aux étrangères, Florian m'avait dit qu'elle était espagnole. Malgré la musique, on devinait de loin l'accent qui chantait dans ses phrases. Elle souriait noir et bleu. Noir pour ses cheveux, bleu pour son regard infini. Et dire que cette fille avait tué un homme.

Je me souvenais d'une anecdote que Florian m'avait racontée sur elle. Carmen était sortie avec un type plus âgé qui avait une immense collection d'œuvres d'art. Il l'avait emmenée en week-end quelque part, disons en Normandie, et ils avaient fait l'amour pendant *deux jours entiers*. Le lundi matin, elle avait retrouvé un cadavre à ses côtés. D'après les experts, il était mort au milieu de la nuit d'un arrêt cardiaque.

Je ne savais pas vraiment si cette histoire était véridique ou si, comme souvent, elle intégrait des projections et des imaginaires suspects, mais la question n'était pas là. Il existe un mot pour désigner la simultanéité de la mort et de l'orgasme, l'épectase. Je me souvenais qu'à l'époque cette anecdote m'avait particulièrement intéressé. Simultanéité des extrêmes. Finalement, il en allait ainsi de toute chose, de la vie dans son ensemble. Les aspects antinomiques de l'existence sont des choses qu'on ne peut accepter que conjointement. La mort pouvait ainsi être le moment le plus proche de l'amour, et l'émerveillement, le plus solidaire de la pourriture et de la laideur. Un peu comme lorsqu'on se surprend, au lit, à utiliser les formules les plus obscènes pour dire je t'aime.

J'avais plusieurs fois entendu parler de la mort orgasmique. L'ancien cardinal de Paris en était mort, par exemple, à plus de soixante-dix ans, dans la chambre de bonne d'une putain, au nom du Père, du Fils et du Saint-Esprit. C'était un exemple unique d'épectase épiscopale. En fouillant bien l'histoire, on pouvait aussi trouver une épectase présidentielle : Félix Faure était mort d'une fellation version IIIe République dont sa maîtresse détenait le secret. Il avait été César durant toute sa vie, disait-on, il était mort Pompée.

Je considérais qu'il y avait une certaine beauté à mourir d'avoir trop aimé la vie. À titre de comparaison, mon grand-père était mort en allant pisser. C'est probablement à ce moment-là que j'ai pensé pour la première fois qu'il serait doux de mourir dans les bras de Lou.

4

Pour investir le présent, j'ai allumé une cigarette. J'ai curieusement repensé à une dispute que j'avais eue avec elle, peut-être notre première dispute. Je lui avais dit que je n'aimais pas la voir fumer, je trouvais que ça ne lui allait pas bien. Elle s'était mise en colère, je n'avais rien à dire sur ce point, disait-elle. Elle n'avait pas tort. Seulement, j'avais lu le matin même qu'une cigarette, selon les statistiques, c'était six minutes de vie en moins. Le calcul ne voulait absolument rien dire, ce n'était que des chiffres sans signification, mais il me semblait que je voyais devant moi toutes les années que l'on aurait pu vivre ensemble s'envoler en fumée.

J'ai fini mon verre et je me suis levé ; Charlotte m'a demandé si j'allais danser. Je me suis mis à rire, sans trop savoir pourquoi, je suppose que l'alcool avait repris un peu d'avance sur la lucidité, et que j'étais assez inquiet de ne pas voir Lou. Elle me fixa d'un regard que je mis un certain temps à interpréter comme une insulte dans le langage des yeux. Je me suis soudainement assis à côté d'elle, et je l'ai prise autour du bras pour causer un peu ; elle se dégagea aussitôt. J'estimais qu'elle constituait un pont vers Lou, et dans ma misère, qui avait les proportions de mon désir, j'étais parfaitement disposé à l'emprunter, à le piétiner pour arriver à l'autre rive, celle qui me fascinait tant. Apparemment, Charlotte ne m'aimait pas tellement, elle me regardait encore avec ses yeux noirs. Au moment où je le compris, j'étais déjà bien engagé sur ce pont. Compliqué de faire marche arrière.

Après quelques réflexions de portée générale, je voulus aborder le sujet de Lou. Mais, sans même me laisser le temps de m'exprimer, elle me lança :

— T'es incapable d'aimer, t'as le cœur sec des misogynes !

Son jugement lapidaire résonna dans ma tête. Je ne disais rien. Florian, de retour parmi nous, se rapprocha et s'installa entre nous deux.

— C'est moi qu'on accuse de misogynie ? Moi qui aime tant les femmes et qui pousse le vice jusqu'à leur sacrifier mes nuits paisibles ?

— Non, c'est lui.

Florian se tourna vers moi, l'air amusé.

— C'est pas parce qu'il estime qu'il existe des différences entre les hommes et les femmes qu'il est misogyne. Il y a des faits, c'est tout. Par exemple, il paraît que les chiens voient en noir et blanc. Ça ne veut pas dire qu'on n'aime pas les chiens. Ou encore, les blattes n'ont de cérébral que les réflexes... Il ne faut pas oblitérer que nous ne sommes qu'une forme de vie parmi tant d'autres, la femme comme le cafard.

— C'est ça, continue, toi... Je parle sérieusement.

— Et après ?

— Et après, il devrait plutôt la lâcher un peu, Lou. Ça lui ferait du bien. D'ailleurs, je ne vois pas à qui ça pourrait faire du mal.

J'ai regardé autour de moi pour simuler l'indifférence, puis je me suis levé.

5

Je tournais depuis un certain temps, complètement perdu. Je regardais ce qui se passait autour de moi, la façon dont les gens bougeaient, la façon dont ils s'approchaient et dont ils s'embrassaient. Je commençais à comprendre que Lou ne viendrait pas.

Je l'avais revue un mois auparavant chez Charlotte. On avait frappé, personne ne m'avait prévenu qu'elle viendrait, et, lorsque la porte s'était légèrement ouverte, j'avais reconnu celle que j'avais longtemps désignée comme la femme de ma vie. Elle portait, ce soir-là, un t-shirt marin ; des rayures bleues et blanches lui parcouraient le corps, les seins, les épaules, comme les rails colorés d'un train que j'aurais voulu prendre et reprendre, et surtout ne jamais manquer.

On s'était embrassés normalement. Et puis, très vite, nous avions été envahis par une foule d'inconnus, le dîner s'était transformé en soirée. J'avais été tellement troublé de la revoir que j'avais désespérément cherché des indices d'imperfection, sur son corps, dans ce qu'elle disait, dans sa façon de marcher, de regarder, tout ce qui aurait pu me détacher d'elle, me la rendre désagréable ou vulgaire, mais le parcours de son corps, de sa silhouette, la sonorité de sa voix, tout me ramenait à notre histoire passée. Si bien que j'avais décidé de partir.

Je suis allé dans la chambre du fond, après le long couloir blanc qui semblait mener au bout du monde, pour chercher ma veste que j'avais posée en arrivant. Je ressentais quelque chose d'indéfinissable. J'ai tourné la poignée silencieusement, et j'ai fait quelques pas dans le noir qui, avec l'adaptation de l'œil, devenait de moins en moins noir et laissait bientôt apparaître des corps en mouvement, perception confirmée dans l'instant par une série de halètements explicites. Au moment où je constatais qu'un type baisait avec deux filles sur le lit, à trois mètres de moi, j'étais environ à deux pas de la porte et à deux pas, également, de l'endroit où ils avaient soigneusement déplacé ma veste. Un réflexe, probablement lié à l'instinct de survie, m'avait coupé la respiration, et je me tenais debout, immobile, dans le noir, aux premières loges d'un spectacle pour lequel, ce soir-là, je n'avais pas de goût. Le type était allongé sur le dos, une des filles le suçait, l'autre était accroupie au-dessus de lui et tenait son visage entre ses cuisses. Le tout se passait dans une tentative de silence évidente. Ils ne m'avaient pas repéré. Je ne savais absolument pas quoi faire, et les images qui défilaient devant moi ne jouaient pas en faveur d'une prise de décision rapide. Si je faisais demi-tour, je repartais sans ma veste, si je continuais, je me faisais griller. J'étais dans un paradoxe qui me semblait sans rémission. Pour faire une métaphore, je dirais que j'étais dans la situation de l'explorateur qui se retrouve coincé dans son igloo, avec des loups dehors qui attendent qu'il en sorte pour le bouffer, et un froid tellement froid, à l'intérieur, que sa respiration se solidifie sur les parois de l'igloo et participe au rétrécissement progressif de son espace de survie (en gros, quoi qu'il fasse, ça tournera mal pour lui). Pour ne pas faire de métaphore foireuse, je dirais prosaïquement que j'étais dans la merde.

C'était sans compter sur l'aide de Charlotte qui déboula dans la pièce au moment précis où j'avais pris sur moi d'avancer timidement le bras pour attraper ma veste, mouvement qu'elle interpréta comme un vulgaire je-me-rhabille-après-avoir-baisé-avec-les-autres. Elle se mit à gueuler ; il faut dire que c'était son lit et qu'elle y retrouvait trois ou quatre (selon les versions) personnes dedans. Au cri d'effarement, toute la compagnie est venue nous saluer. Qu'est-ce qui se passe ? qu'est-ce qui se passe ? J'allais expliquer que je ne faisais juste que passer, quand Charlotte nous pria de sortir, en fronçant les sourcils pour contenir sa rage et son dégoût, et en désignant, sous les yeux méprisants de Lou, une direction qui selon toute vraisemblance pointait vers la sortie, et je me retrouvai quelques instants plus tard sur le palier du deuxième étage, avec les trois aventuriers du fond du couloir, seul. On peut dire que j'avais un peu loupé nos retrouvailles.

Je l'avais appelée le lendemain. Je lui avais proposé d'aller dîner au restaurant. Elle m'avait répondu qu'elle était fatiguée et qu'elle comptait se coucher tôt, elle travaillait beaucoup, le chien de sa grand-mère était mort d'une crise cardiaque et encore tout un tas de trucs, mais une prochaine fois peut-être… La froideur de son ton m'avait pétrifié. Je m'étais demandé pendant une nuit entière pourquoi je me sentais attaché comme ça à elle. On ne s'était pas revus depuis six mois, et son apparition m'avait fait l'effet d'une décharge violente. Les jours suivants, pour avoir le cœur net, lavé, un peu moins lourd en tout cas, je l'avais rappelée, mais elle n'avait pas répondu.

Je repensais à tout ça, aux conseils chaleureux de Charlotte, et les choses m'apparaissaient maintenant avec une lucidité brutale : Lou ne viendrait pas ce soir. Elle ne voulait pas qu'on se revoie. Je fis le mort pendant quelques minutes, allongé sur la banquette bordeaux, hanté par des pensées romantiques et suicidaires. J'avais l'impression que ma vie, jusque-là, n'avait été qu'une succession d'échecs.

Je crois ne rien dévoiler de la nature humaine en disant qu'une dualité fondamentale traverse toute la zone du désir, qu'on est sans cesse pris entre deux mouvements qu'on voudrait cumuler, celui des sentiments et celui du sexe. Les mots, comme souvent, sont empreints de cette dualité. *Faire l'amour* et *baiser* sont des choses complètement différentes, chacune pouvant d'ailleurs atteindre son quota d'éternité. La partition du territoire est clairement tracée : on fait l'amour à sa femme et on baise sa maîtresse ; on fait l'amour à celle qu'on aime, et on baise toutes les autres. Il y a dans la baise une dimension de plus ou de moins qui n'est pas étrangère au crime, au viol, à la violence primitive du désir. Ce mot a souvent une connotation péjorative, voire vulgaire. Comme tous les mots abîmés par les constipations de la morale. C'est d'ailleurs avec un *baiser* que Judas est entré dans l'Histoire, c'est avec un baiser, encore, que Joab a tué Amasa. Les couples qui restent longtemps ensemble sans se mentir sont probablement ceux qui s'autorisent à jouer des deux registres, baiser et faire l'amour ensemble. Je n'avais jamais baisé avec Lou, nous nous étions contentés de la tendresse de l'amour, et, un jour de novembre, elle était partie.

Après son départ, je m'étais retrouvé devant un vide démesuré. Et puis, une fois la douleur calmée, je m'étais dit que ce n'était pas plus mal, je retrouvais enfin cette liberté qu'elle m'avait dérobée. J'étais alors entré dans un tourbillon frénétique de fausses séductions, sous des ciels si bas, vers des voix si laides. Je voulais connaître le plus de femmes possible, comme pour rattraper le temps immobilisé auprès d'elle. Comme une vengeance contre ma propre naïveté, mes propres espoirs, l'illusion, mon amour, mon cœur, Lou que j'assassinais un peu plus à chaque pénétration.

6

Je faisais le mort depuis un certain temps déjà. Les autres devaient penser qu'une fois encore j'avais trop bu, ce qui, au demeurant, n'était pas totalement faux. Et, soudain, la vie reprit le dessus, une force démesurée, un désir violent de consommer, de consommer tout ce qui traînait.

Je suis finalement allé danser avec une rage étonnante. Le décor tournait autour de moi à une vitesse vertigineuse. Je croisais des visages, des voix qui ne m'étaient pas étrangères, j'avais la certitude d'être dans un autre monde. On se tenait debout, les uns à côté des autres, comme des automates débiles. Jennifer était juste devant, elle se frottait même à moi, si je ne m'abuse. Sa manipulation gracieuse avait découvert une bonne partie de son décolleté, aux dimensions suffisantes pour pousser un curé au suicide. Heureusement, je n'étais pas curé.

Je savais que je repartirais avec une fille ce soir-là, peu importait laquelle. Ce serait peut-être Jennifer. Peut-être Carmen qui avait les yeux bleus d'une mer lointaine ; ça tombait bien, c'était justement là que je voulais m'enfuir. Peut-être une autre fille que je ne connaissais pas et que je ne connaîtrais jamais, sûrement. Il fallait simplement choisir le meilleur anesthésiant. Mon âme, à supposer que j'en eusse encore une, était fragmentée en milliards de petits désirs morbides.

Oui, peu importe qui. On baisera, mais je ne serai pas pleinement à ce que je fais. Je serai à la fois là, et ailleurs. Nos corps bougeront l'un en l'autre, et une image de mécanique me viendra à l'esprit. Quelque chose en relation avec des pistons huilés.

À un moment, elle jouira, elle pleurera ou quelque chose comme ça. Puis je me réveillerai le lendemain matin, je mettrai du temps à localiser où je suis, la pièce tournera autour de moi, elle tournera au ralenti, avant que les éléments, la fenêtre, la porte, l'armoire, se fixent au décor. Je verrai une de mes chaussettes au pied du lit, ce qui me fournira la preuve irréfutable que j'existais déjà avant cet instant. Je serai presque ravi du tour que prendra ce réveil poétique jusqu'au moment où je découvrirai le corps d'une femme que je ne connais pas à mes côtés. Alors je me lèverai silencieusement et je partirai sans laisser de trace derrière moi, comme un voleur qui vient de s'emparer d'un fragment infime de l'absurdité du monde.

Je voyais parfaitement où cette soirée allait m'emmener, dans quel monde, vers quel enfer. Finalement, le début laissait présager la fin, et on s'endormirait, après, épuisés par tant de poésie.

Je suis de la génération des assassins. De ceux qui, à l'arrivée du printemps, ont oublié les raisons de s'émouvoir.

DEUXIÈME PARTIE

CHAPITRE 1

« Passez notre amour à la machine. »

Alain SOUCHON

Avertissement

On oublie si vite d'où l'on vient. Quand j'étais gosse, on avait voulu m'offrir un chiot. Je me souviens que j'avais loupé la classe pour assister à sa naissance. Ça se passait dans la cuisine de mes voisins. Je l'avais attendue pendant plusieurs jours, comme un Noël d'enfant, et ça avait été l'épisode le plus affreux de ma vie. La chienne était dans un panier en osier dans lequel on avait mis un coussin vert, déjà usé, elle avait les yeux grands ouverts, sans frayeur, sans émotion. Je m'étais accroupi en face d'elle pour voir les petits sortir, et je regardais attentivement le ventre vivant. Ma voisine l'avait massée pendant les contractions pour la soulager de la douleur. Tout se passait bien, j'allais enfin voir quelque chose de spectaculaire. Et la chose arriva : elle se rua sur son petit à la sortie de son utérus gonflé, pour le bouffer. Elle avait à ce moment-là un regard de folle, je m'en souviens, je pleurais d'impuissance, c'était horrible. Elle plantait ses crocs dans son petit museau innocent et tentait de l'avaler comme l'aurait fait un boa. Le chiot hurlait de douleur, un hurlement de bête. On le recueillit dans sa gorge enragée. Il saignait de partout et semblait à deux doigts de la mort. Nous l'avons soigné pendant des jours et des jours, ma voisine avait même parlé de le noyer pour le soulager, mais il était finalement revenu à la vie. On m'en fit cadeau. Je l'avais appelé Moïse, parce que c'était un rescapé. Il grandit et devint un chien d'une étonnante beauté. Et puis, à l'âge de un an, on le retrouva écrasé à trois rues de chez moi.

J'avais conservé une rage immense contre cette injustice, mais j'étais très loin d'imaginer que j'allais à mon tour, plusieurs années après, utiliser les mêmes méthodes criminelles de chienne enragée pour tuer, avant qu'il ne fût trop tard, l'amour qui naissait en moi.

Un homme averti

J'avais enfin pris une décision au réveil. J'allais tuer Lou.

Cette décision était en latence depuis des jours et des nuits, mais je n'avais pas réussi à faire intellectuellement le pas. Je savais maintenant qu'elle ne me reviendrait pas, qu'elle était partie au loin, et que nous appartenions désormais à des temporalités différentes. Mais, paradoxalement, je conservais une espérance imperceptible qui me paralysait entièrement. Je savais qu'il y avait du mensonge dans mon espoir, mais cela ne lui retirait rien, comme ne retire rien à l'amour l'œil qui se sait ébloui. Je tentais même de ne convaincre que l'éblouissement ne révélait que la proximité du soleil. Mais je ne voyais aucun soleil à l'horizon, malgré la brûlure de mes yeux, aucun signe, et, comme on dit, on ne déduit pas la lumière de l'obscurité.

Donc, la tuer. J'avais réfléchi aux différentes façons de concrétiser ce projet et, pour stimuler mon imagination, je repensais à toutes ces fois où elle m'avait fait souffrir, toutes ces fois où elle ne m'avait pas épargné, par cruauté, par méchanceté. La dureté de ses mots, le mépris insoutenable qu'elle m'avait parfois manifesté sans raison. Je repensais au jour où elle était partie pendant soixante-douze heures sans donner de nouvelles, à mes nuits d'angoisse à l'imaginer disparue, et son retour soudain, son retour sans explication, sans excuse. Je repensais aux disputes. À tous les indices de son infidélité. Et, surtout, au dernier jour de notre histoire, le plus abominable : j'étais allé au Luxembourg, dans un endroit reculé où nous nous rendions souvent, elle et moi, un de ces endroits que nous possédions parce que nous l'avions découvert ensemble. J'avais deux heures devant moi, entre deux cours, et l'idée m'était venue d'aller y lire un peu. J'étais assis sur un banc, c'était en novembre. Quelques pigeons tournaient autour de moi. Il ne faisait pas trop froid. Et soudain j'ai entendu un rire ; il ressemblait à celui de Lou. Il y avait un couple qui s'embrassait deux bancs plus loin, et j'étais en train de me dire que c'est étrange comme l'amour donne à la voix une sonorité propre, quand je la reconnus, elle, dans les bras d'un autre, à vingt mètres de moi. Par masochisme, je suis resté un certain temps à les regarder, en pleurant, et sur ma montre l'heure a tourné. Ma vie aussi, définitivement, comme un vin tourne au vinaigre.

La tuer. Une multitude d'images me venaient à l'esprit. Je les empruntais à mes songes, à mes rêveries d'homme moderne. Je me voyais lui lécher le sexe, j'entendais ses gémissements, son corps se tendait. Je tenais ses deux cuisses écartées, je les tenais avec force pour qu'elle sente ma présence. Je me noyais dans un océan de sécrétions, mon nez et ma bouche se perdaient dans cette zone imprécise, le vertige est un liquide salé, je la pénétrais avec ma langue, et elle poussait un petit cri hypocrite, exaspérant. Alors, sans raison, je serrais les dents. J'attendais un moment. Puis je serrais encore plus fort, je lui mordais les lèvres jusqu'à sentir son sang jaillir de son sexe meurtri. Elle hurlait, mais je n'entendais plus rien. Je lui arrachais une partie du clitoris, je lui déchirais le sexe, je le mettais en lambeau et je le bouffais.

C'était juste un exemple.

En prenant ma douche, j'ai repensé à la signification de mon nom de famille, Deller, que j'avais hérité, selon toute vraisemblance, de mon père, et qui en allemand, voulait à la fois dire *moine* et *prisonnier*. Pendant longtemps, j'avais estimé qu'il portait un vrai paradoxe, mais je réalisais seulement qu'il ne désignait qu'une seule et même chose, une *cellule* close et isolée de la vie. Vu sous cet angle, mon nom m'allait plutôt bien.

J'étais prisonnier, c'est vrai, mais j'avais un plan d'évasion.

La méthode qui me semblait la plus efficace consistait à faire ce que j'avais fait depuis des mois, en y ajoutant un degré supplémentaire de conscience, puisque les vrais crimes sont ceux que l'on prémédite. Je devais ne plus rien retenir en moi, libérer toutes les forces primitives, redécouvrir ma préhistoire, et déchirer l'amnésie supérieure avec laquelle on est ensé vivre. La tromper, la tromper le plus possible, ouiller sa mémoire avec des instants fugitifs de plaiir, c'était le meilleur crime, la meilleure vengeance.

'assage à l'action sur ton badin

Il fallait que je dépose mes fringues au pressing. 'avais l'habitude de me rendre à celui qui se trouvait uste en bas de chez moi, mais j'avais décidé cette ois de ne pas y aller. Car un certain Richard s'y trouait chaque fois, et je ne voulais plus revoir ce certain Richard. Je l'avais croisé deux semaines auparavant, l m'avait vaguement rappelé quelqu'un, un acteur ou n présentateur, je ne sais pas, et je l'avais fixé du egard pour tenter de retrouver la mémoire. Dès qu'il e tournait vers moi, j'effectuais dans la seconde une otation latérale de la tête pour ne pas être suspecté 'intentions douteuses. Cependant, malgré mes préautions, il ne tarda pas à s'imaginer des trucs bizares, et il engagea la discussion. Je sortis alors du ›ressing, mais il me suivit. J'eus un tel mal à me dé-›arrasser de lui que je décidai de ne plus retourner u pressing de Saint-Paul. Florian m'avait conseillé 'aller à celui de République. D'après lui, une des ›lus belles filles de Paris y travaillait. J'avais donc .eux bonnes raisons pour prendre le métro. Et ce fut ce moment-là que la chose arriva.

J'attendais sur le quai comme tout le monde. Je egardais les gens autour de moi sans conviction. ›lusieurs messages d'informations générales avaient léjà retenti. Je m'étais attendu au pire, genre à l'arrêt nomentané de la ligne pour cause de suicide sur la oie, mais il ne s'agissait chaque fois que d'une mise n garde contre les pickpockets. Tout semblait mereilleusement fonctionner. Et quand le métro arriva enfin, j'eus quelques doutes sur la réalité de cet événement. Il paraît qu'on peut avoir des mirages dans le désert à cause de la soif. Il paraît aussi que la réalité est une illusion due à un manque prolongé d'alcool. J'avais constaté que l'absence de soif recelait aussi ces vertus. Je ne savais donc pas bien s'il fallait se fier à ce que mes yeux indiquaient : le métro entrait en gare, tout simplement. Mais je n'avais encore rien vu. Le plus fou restait à venir. Le train grinça, couina, tempêta de toutes ses mécaniques, et une porte s'arrêta finalement juste devant moi.

Juste devant moi.

Pas besoin de faire un pas, si ce n'est pour pénétrer dans le wagon comme un prince. M'étais-je réconcilié avec le hasard ? Y avait-il un signe particulier dans cette porte qui s'ouvrait devant moi, un signe d'élection ? Rien n'indiquait ma malchance habituelle. Il y avait quelque chose de louche là-dedans.

Métaphysique de la machine à laver

En général, je déposais mes fringues au pressing le mardi, et j'allais les chercher le jeudi. C'était une habitude.

On était samedi. Je me demandais si le pressing de République serait ouvert lundi. Il y avait lundi prochain une soirée privée à l'*Enfer*, et je voulais absolument porter mon ensemble blanc. J'avais, comme chaque individu, constitué une toile épaisse d'habitudes et j'éprouvais une difficulté particulière à m'en défaire, difficulté que j'attribuais vaguement à la spécialisation de ma vie. Je n'avais pas beaucoup voyagé, par exemple. J'étais né à Paris, et tout semblait tristement indiquer que j'allais y mourir. J'avais une fois traversé l'Atlantique et je m'y étais senti comme un agrégé de philo en classe de maternelle. J'avais aussi eu une passion pour les déserts, mais je n'étais pas allé très loin ; comme pour tant d'autres passions, je l'avais abandonnée quelque part sur un trottoir, désenchanté. Et, en même temps, j'avais perdu mon aptitude à l'émerveillement, aptitude innée de l'enfance dont la perte semble suggérer que la vie est une chute progressive, non pas en dedans du monde, mais en dedans de soi. J'avais désappris à m'émerveiller de la nature, et cette perte prenait la forme de peurs injustifiées. Je m'étais demandé une bonne vingtaine de fois comment faire si le pressing de République n'était pas ouvert lundi, et j'avais la sensation d'être confronté à un véritable problème.

Un autre problème : plus je portais mon ensemble, plus le tissu prenait une teinte beige. Après chaque lavage, je constatais qu'il perdait un peu plus de son blanc initial. Il devait pourtant exister un produit qui lui aurait permis de retrouver sa couleur d'origine. J'en étais convaincu.

Dans le métro, une femme s'assit à côté de moi avec son bambin dans les bras. Elle avait la tête d'une Bretonne ou, en tout cas, d'une provinciale ; elle sentait bizarre. Ce n'était pourtant pas le moment de m'emmerder. Elle berçait tendrement son gosse qui n'en finissait pas de hurler. En face de nous, une autre femme, plus âgée, regardait la scène avec un attendrissement ahurissant. La mère faisait de son mieux, mais le petit bout de viande rose continuait sa gueulante en me regardant droit dans les yeux. Rien ne m'énervait plus que les émerveillements injustifiés devant ce type d'individu minuscule. Ce n'est pas parce qu'un bébé est un bébé qu'il doit susciter automatiquement de la sympathie. Je regrette, mais il existe autant de bébés cons que d'adultes cons. Il y a des chiens infidèles, des

chiens câlins, des chiens intelligents, des chiens abru
tis, etc. Même chose pour les hommes. Pourquoi n'e
irait-il pas ainsi pour les bébés ?

J'ai posé la main sur ma poitrine. On sentait, à tra
vers ma chemise, la forme allongée du cutter que j
prenais maintenant avec moi. Je savais que j'avais
posé sur mon cœur, le métal qui tuerait Lou. Je m
suis vu, un moment, me jeter sur le gamin et lui plan
ter la lame dans l'œil. J'ai même sursauté de l'horreu
de cette vision.

La vieille qui se trouvait en face me fit un sourir
complice, auquel je répondis, un peu distrait, pa
une contorsion forcée de la bouche qui, avec un pe
d'imagination, pouvait presque ressembler à un dé
rivé de sourire. Elle renouvela la manœuvre avec un
gentillesse agaçante de grand-mère, et, subitemen
je compris qu'elle s'imaginait que j'étais le père d
petit singe. La confusion n'était pas tenable, et je m
suis levé pour trouver un autre siège, au calme, u
peu plus loin dans le wagon.

On arrivait à République. Je pris la sortie qu
m'avait indiquée Florian et, quelques instants plu
tard, j'étais devant le pressing. Je m'étais attendu à c
qu'il fût exceptionnellement fermé ou quelque chos
du genre, mais non, tout était en place. Je n'avai
même pas oublié le sac avec mes fringues. Décidé
ment, quelque chose ne tournait pas rond.

À l'intérieur, une vieille Chinoise servait un
femme qui se trouvait juste devant moi. Une sonneri
asiatique avait retenti au moment où j'avais pouss
la petite porte. Une odeur de lessive flottait dans l'es
pace étroit du pressing. D'une porte invisible, un
jeune fille sortit et s'avança vers moi. Il s'agissait pro
bablement de la fameuse fille dont Florian m'avai
parlé. À cet instant, j'ai pensé à l'étrange relation qu

e faisais souvent entre la Lune et les Chinois. J'avais u une mystique indienne qui prétendait que les Chinois venaient de la Lune. Cette idée m'avait jusque-là paru grotesque. Cependant, en la voyant marcher, e diriger vers moi, avec infiniment de simplicité, elle .cquit une place nouvelle dans l'ordre de mes idées. Cette fille avait un visage de lune, une couleur de une. De pleine lune, pour être plus précis.

Elle ne m'adressa qu'un vague signe de tête, avant le prendre mon sac, de remplir un petit bout de papier, et de me montrer du doigt la date à laquelle je pouvais venir le chercher. Visiblement, elle ne parlait pas français. Un bouton de sa blouse était défait, laissant apercevoir la courbe prolongée de sa poitrine discrète. Elle me plaisait bien. Pourtant, elle était plutôt décevante au regard de ce que Florian m'en vait dit. La vieille lui cria quelque chose, et elle disparut dans la pièce de derrière. Sur le ticket, il était écrit que je pouvais venir chercher mes fringues à partir de lundi.

Éternel retour

Je suis rentré à pied de République jusqu'à Bastille. Ce n'était pas le coin le plus sympa de Paris, mais c'était toujours mieux que les aléas du métro. e songeais vaguement à cette petite Chinoise. Je me lemandais quel pouvait être son âge. Selon toute évidence, elle était assez jeune. Je l'imaginais nue ou en petite culotte, et le temps, sur cette douce rêverie, 'évadait tranquillement. Quand, soudain, je réalisai lans quel pétrin je venais de me fourrer.

Si jamais je devais être décapité, je voudrais que le coup soit franc et sévère pour interrompre la douleur en même temps que la vie. Mais je sentais venir un coup mal aiguisé, ou de travers. Ce genre de coup qu rebondit après avoir entaillé la chair, et qui s'arrête là inexplicablement. Je sentais le mensonge venir. Je ser tais la fausse mort, la demi-mort. L'incertitude.

Avait-on oui ou non volé mon téléphone portable

En tout cas, une chose était sûre, il n'était plu dans ma poche. J'avais beau fouiller, je ne le trouva plus. Je suis resté pétrifié pendant un certain temp sans savoir comment réagir. Impossible de visualise le dernier endroit où je l'avais utilisé.

Une certaine disposition pour la sagesse me fit re marquer qu'un téléphone, après tout, ce n'était pas : grave. Cependant, le forfait que j'utilisais n'était dispc nible que pendant les fêtes de Noël. Concrètement, me permettait de téléphoner gratuitement les soirs les week-ends. Aucune offre aussi avantageuse ne s présenterait à moi avant plusieurs mois. Surtout, j'a tendais secrètement un coup de fil de Lou, et j'éta pratiquement sûr qu'elle allait m'appeler. Ce n'éta vraiment pas le moment de perdre ce foutu portable

Après la soirée au *Star*, avant mes résolutions meu trières, j'avais décidé de tenter le tout pour le tou J'avais d'abord projeté de lui envoyer une lettr d'amour. Et puis j'avais changé d'avis. Il y avait, dar ce type de démarche, une pesanteur un peu grotesqu un cliché qui ne me servirait pas. Le poète qui a con paré pour la première fois la femme à une rose éta un génie, dit-on ; le deuxième, un abruti ; et je ne vou lais surtout pas passer pour un abruti. Je lui avais don envoyé un sachet de graines d'orchidées. Avec un pet mot qui disait que j'avais d'abord songé à lui faire pa venir un bouquet déjà fleuri, puis que l'idée m'éta venue de lui faire livrer un mètre cube de terre devar sa porte avec ces graines pour qu'elle puisse elle-mêm constituer le bouquet, mais que j'avais finalement e imé que les graines seules suffisaient pour dire ce que j'avais à dire. Elle ignorait sans doute que les orchidées, chez les poètes, sont les fleurs de la mort.

Je ne savais pas pourquoi, mais j'étais convaincu qu'elle allait m'appeler (c'était en tout cas le seul scénario qui aurait pu l'arracher à sa mort), et la disparition soudaine de mon portable ne faisait que renforcer cette conviction.

Il fallait procéder méthodiquement. Je ne voyais que deux endroits possibles. Le métro et le pressing. Le souvenir de la mise en garde contre les pickpockets, à la station Bastille, suffit à me faire perdre tous mes moyens. Je me voyais déjà sur l'un des sièges canari du quai en train d'attendre ce métro de malheur. J'imaginais très facilement un type passer devant moi sans susciter mon attention et, avec l'adresse d'un professionnel, me voler mon portable. Ou alors dans le métro. La femme, son gosse et la grand-mère étaient peut-être de mèche. Le premier, le petit, avait pour mission de me distraire, la grand-mère de m'amadouer, et la femme de me chiper le téléphone. L'autre possibilité était celle du pressing. Je l'avais peut-être oublié sur le comptoir. C'était le scénario le plus réconfortant. Mais, dans ce cas, il était si facile pour eux de prétendre ne pas l'avoir vu. Alors, tout en courant vers la place de la République, j'imaginai la discussion tumultueuse qui m'attendait probablement au pressing pour récupérer ce téléphone.

Amen

La porte n'était pas fermée à clé, mais un panneau en bois indiquait *fermé*. Aucune sonnerie ne retentit lorsque je pénétrai dans la petite salle. Il n'y avait personne. C'était une nuit sans lune ; d'ailleurs il faisait jour. J'avançai sur la pointe des pieds. Mon téléphone ne se trouvait pas sur le comptoir. Alors j'en fis le tour. Il y avait de l'autre côté toute une population de draps et de bouts de papier. Je tirai quelques tiroirs, sans faire de bruit, jetant régulièrement un coup d'œil vers la porte principale, car je me doutais bien que la vieille ne tarderait pas à revenir. Tout ça ne dura que deux ou trois minutes.

Soudain, dans un des tiroirs, j'aperçus mon téléphone. Amen. Je revins alors à la vie. Il était intact, familier. Je l'avais simplement oublié sur le comptoir, et la vieille, dans une bonne intention, l'avait glissé dans ce tiroir pour pouvoir me le rendre plus tard. Finalement, la vie était belle. Mon premier réflexe fut d'écouter ma messagerie. Vous n'avez pas de nouveaux messages. Bon. Un long soulagement traversa mon corps épuisé par la course Bastille-République. Tout rentrait finalement dans l'ordre. J'allais donc partir quand j'entendis un bruit dans l'arrière-salle.

Pouvant heurter la sensibilité des plus jeunes

C'était le bruit d'une femme. Elle fredonnait. J'ai tout de suite pensé à ma petite Chinoise. Sa voix, inaccessible, me plongea dans le vertige de son intimité. Je fis trois pas vers la porte qui nous séparait. On entendait de l'eau qui coulait de l'autre côté. Je l'imaginais prendre une douche.

Je suis resté un certain temps, contre la porte. Un désir puissant montait en moi. Je lançais de brefs regards en direction de la porte d'entrée pour ne pas être moi-même surpris. J'ai vérifié que j'avais toujours le cutter sur moi. Puis, d'une main silencieuse, je poussai la porte.

Elle nettoyait quelque chose, des draps, dans une bassine beige. Un épais nuage flottait, de la vapeur d'eau peut-être. Elle se retourna subitement, effrayée. Elle me dit un mot que je ne compris pas. Le bouton de tout à l'heure était toujours défait. Il se passa un instant pendant lequel rien ne se dit car personne ne savait vraiment quel était son rôle. Je me contentais de regarder son corps.

On entendit un autre bruit, la vieille revenait par la porte principale, alors je me suis approché de ma petite Chinoise, j'ai glissé ma main dans sa blouse, faisant sauter un autre bouton, elle fermait les yeux, j'ai glissé ma main dans sa blouse jusqu'à son petit sein chaud, elle ne disait rien, je l'ai caressé doucement, puis j'ai déposé mon autre main à l'endroit de son sexe et, par-delà l'épaisseur de la toile, j'ai senti qu'elle était excitée, en deux trois mouvements je voulais toucher son corps, lui dérober sa beauté, j'ai pris sa main et je l'ai mise sur la déformation de mon pantalon, j'ai voulu l'embrasser, mais la vieille arrivait, alors je suis passé dans une autre pièce, j'ai ouvert la fenêtre, elle donnait sur la rue, je suis sorti et je me suis enfui en courant.

CHAPITRE 2

« Bah ! Tout compte fait, qu'aurai-je été ?
Le vagabond qui passe sous une ombrelle trouée ! »

Mao Tsé-toung

Deux jours tombèrent sans que rien de particulier n'advienne, si ce n'est l'impression courante d'un ralentissement du temps. Pas de nouvelles de Lou. Dans mes rêves, elle m'appelait « mon ange » ; dans la vie de tous les jours, elle ne m'appelait pas. Je commençais une douce descente vers la mélancolie, mais je me rattrapais, faisant ce que je pouvais pour rester vivant. La méthode était simple. Elle consistait à ne pas réfléchir. Au lieu de m'asseoir puis de penser, je me contentais de m'asseoir. La pensée est une activité triste. Et, souvent, la tristesse donne un contour précis à notre perception du monde, une acuité sur les raisons de désespérer. Alors surtout, ne plus penser.

J'avais par exemple appelé Laure, une fille que j'avais croisée à une soirée deux semaines auparavant, dont le visage était constellé d'étoiles de rousseur. Elle était avec un type qui travaillait à la télé, on avait un peu discuté au bar, parce que nous ne connaissions personne. Elle faisait des études d'architecture. Et puis, au milieu de la discussion, son type était venu la chercher, en me fusillant du regard ; il voulait, paraît-il, la présenter à quelqu'un.

Le soir même, en me déshabillant, j'avais trouvé dans l'une de mes poches un petit bout de papier sur lequel elle avait laissé son numéro, et qui donnait un sens tout nouveau à ce qu'elle m'avait dit concernant son espoir de me recroiser une prochaine fois. Au téléphone, on avait encore parlé un certain temps, j'avais même fait plusieurs blagues et j'avais eu l'impression d'être libéré de Lou, de retrouver goût à la vie. Je m'étais dit qu'il ne me restait plus d'elle qu'une vague décharge qui ne pouvait en aucun cas atténuer mon désir de vie. Mais à peine avais-je raccroché que la tristesse revenait me hanter. J'avais proposé à Laure d'aller dîner dimanche, elle avait accepté. Il faut toujours viser le soleil ; au pire on se retrouve dans les étoiles, me disais-je. Elle avait des taches de rousseur sur le visage, et puis, en y réfléchissant, *Laure*, ce n'était pas trop loin de *Lou*.

Je l'avais emmenée dans un restaurant italien. Ou grec, je ne sais plus. Tout ce dont je me souviens, c'est qu'il se trouvait dans ma rue, à quelques minutes à pied de mon lit. Ce lit qui serait bientôt le linceul de Lou. Pendant le dîner, elle avait essayé de m'impressionner en me racontant plein de trucs chiants sur les livres. Elle m'avait même fait un cours magistral sur le mythe de l'androgyne originel, qui n'avait, cela dit en passant, de magistral que l'ennui qu'il avait suscité en moi. Elle m'expliqua que, selon Aristophane, on ne s'était pas rendu compte de la puissance d'Éros, et qu'il y avait à l'origine trois sexes, et non deux : le mâle, la femelle, et un troisième composé de ces deux éléments. Tous les hommes auraient été coupés en deux par Zeus, suite à une colère assez fumeuse, et seraient désormais à la recherche permanente de cette moitié perdue. Je lui avais clairement donné mon avis sur la chose. J'avais toujours senti que j'étais à la recherche de quelqu'un de très précis, jusqu'au jour où j'avais découvert que c'était de moi-même. J'avais découvert l'amour ; c'était l'amour-propre. Elle avait souri, et un serveur avait déposé l'addition sur la table.

Mon lit : un matelas posé à même le sol, moquette bleue. Un vasistas permettait de voir le ciel lorsqu'on était allongé. Je louais cet appartement meublé. Ce qui signifie que d'autres personnes s'étaient trouvées avant nous sur ce matelas, au même endroit, dans la même position, en train de regarder un ciel identique. On pouvait même imaginer que des dizaines de couples étaient passés devant nous. Le fantôme de tous les amants du monde pesait sur nous, c'était une sensation étrange. On vivait un moment insignifiant. Qui ne voulait plus rien dire. Elle a commencé à me caresser à nouveau, avec un air mielleux. Je n'avais pas envie. Je ne voulais plus la voir. Il est des situations que seule la violence peut résoudre. Je l'ai pénétrée comme on déchire, je l'ai embrassée comme on mord, jc l'ai prise par-derrière, comme on détourne son visage du miroir.

J'avais ensuite beaucoup dormi. On était bientôt lundi, et, avec lundi, deux événements que je redoutais approchaient d'une façon menaçante. Il y avait tout d'abord la soirée à l'*Enfer*. Florian avait reçu un carton pour deux personnes et m'avait proposé de l'accompagner. J'avais d'abord été sans grand enthousiasme, mais quand il m'avait annoncé d'un ton fraternel qu'il pensait que Lou y serait aussi, j'étais devenu plus ambitieux. Un peu plus anxieux, aussi. C'était l'occasion d'en finir avec cet emprisonnement féroce qui m'arrachait à la vie, c'était la soirée idéale : l'*Enfer*, il ne restait plus qu'à libérer mes démons. J'attendais ça depuis longtemps.

J'allais enfin la revoir. J'étais déterminé, insoumis aux contingences l'espace de quelques secondes. Mais, d'une façon plus large, j'étais complètement à la rue. Je ne savais absolument pas comment ça allait se passer. J'oscillais constamment entre des extrêmes incompatibles. J'imaginais comment j'allais en finir avec elle. Et parfois (l'instant d'après pour être plus précis), je partais dans des divagations romantiques déconnectées de la réalité. Dans l'incertitude, j'avais décidé d'être prévoyant. J'avais tout d'abord démonté soigneusement mon cutter et retourné la lame pour disposer d'une pointe très aiguisée. J'avais ensuite projeté de mettre mon costume qui se trouvait au pressing. Je devais donc y retourner et revoir ma petite Chinoise, et rien ne me mettait plus mal à l'aise.

Si on m'avait dit que le proverbe *Il faut souffrir pour être beau* était d'origine chinoise, je n'aurais pas du tout été surpris.

Le lundi redouté sonna ce matin-là, un peu trop tôt selon moi. Un effort inimaginable fut nécessaire pour tendre le bras et éteindre le réveil dont la sonnerie s'était métamorphosée, dans mon rêve, en une alarme d'un immeuble dans lequel je m'étais introduit et dont il fallait que je m'échappe rapidement et cet effort m'avait tant coûté que, pour me dédommager, j'avais décidé de rester dans cet immeuble encore un instant. Lorsque j'ouvris les yeux pour la seconde fois, il était plus de 10 heures. J'avais loupé mon réveil, mais je m'en foutais. Je commençais à être habitué à louper les choses. Et c'est souvent sous l'insistance harcelante de l'habitude que l'on abdique. Je n'étais même pas énervé.

J'étais censé être au boulot à 9 heures, et comme j'avais déjà du retard, le mieux était de ne pas y aller du tout. Il vaut mieux simuler la maladie que témoigner de son manque de motivation. Pour tout dire, je ne supportais pas ce boulot, mais c'était la seule façon que j'avais trouvée pour pouvoir faire mes études. Cela n'excusait rien, en un sens, puisque je ne supportais pas plus mes études, mais s'il y avait une chose que j'avais comprise de la vie, c'était bien qu'on ne pouvait pas toujours avoir ce qu'on voulait. J'aurais toujours pu changer de voie, comme on dit, mais les études que je faisais ne m'allaient pas trop mal. Je n'avais pas de difficulté à réussir, je n'avais donc rien à perdre, à l'exception de mon temps et de mon désir de vivre. La solution consistait peut-être à faire quelque chose pour lequel j'étais particulièrement nul. En me lançant dans une carrière internationale de danseur classique, par exemple, j'aurais eu tout à y gagner. D'autant que je n'étais pas très souple.

Je suis resté au lit jusqu'à midi. Je rêvassais à la soirée. J'imaginais parfois des scènes où je déchirais le corps de Lou et où je vidais son cadavre de sa beauté divine. J'imaginais aussi des discussions dans lesquelles j'étais éblouissant, tout le monde me regardait, et Lou avait un visage d'ange. Depuis que j'étais gosse, ma vie imaginaire avait une existence parallèle à la vie quotidienne. Je la préférais à la brutalité du monde. Tout ce que je vivais *pour de vrai* avait ainsi une tonalité lassante, car je l'avais déjà vécu *pour de faux*. Si bien que les notions de vrai et de faux n'avaient plus de signification intrinsèque, et je me situais à leur exact intermédiaire : c'est-à-dire nulle part.

Après la soirée, on serait partis tous les deux. Elle et moi. Je l'aurais emmenée dans un endroit magique, et elle m'aurait regardé avec ses grands yeux étonnés. Dans la journée, je serais allé dans une agence immobilière en faisant croire que mon père voulait acheter un immense appartement à Paris et qu'il m'avait chargé, étant à New York, de faire les premières visites. Une fille de l'agence m'aurait donné les clés d'un appartement refait à neuf qui donnait sur le Champ-de-Mars, en me demandant de revenir une heure après. Je serais allé faire le double des clés sans même prendre le temps de visiter l'appartement en question, et je serais revenu à l'agence en disant qu'il ne me plaisait pas. Après la soirée, j'aurais emmené Lou dans cet appartement qui était maintenant le nôtre pour une nuit. À l'intérieur, il n'y aurait rien eu, que du vide, et une grande moquette blanche. Comme un tapis de neige. La conscience du délit, de l'interdit, aurait envahi nos corps de tremblements discrets. Elle aurait dû camoufler ses fous rires nerveux. J'aurais alors sorti une bouteille de champagne que j'avais cachée là, avant d'aller à la soirée. On aurait bu devant l'immense fenêtre qui donnait sur la tour Eiffel scintillante. Puis on aurait fait l'amour sur la moquette blanche. Elle m'aurait dit je t'aime. Je lui aurais dit je te veux pour l'éternité.

La lumière recompose tes fragments,
Recompose les parcelles de ta peau, et tes seins.
La courbe de ton regard
Recompose la matière de tes mains,
Toi tout entière que je voudrais posséder.

Au petit matin, on serait sortis sous le soleil, on aurait marché jusqu'au pont des Arts, elle aurait jeté, *d'un geste enfantin*, les clés à la Seine, et on serait rentrés ensemble.

Un peu après midi, j'étais toujours dans mon lit, comme un con. Je me suis levé. Dehors il flottait. Je me suis préparé un café fort et j'ai fini une boîte de gâteaux secs qui traînait dans ma cuisine. Les petites crottes qui parsemaient ma table à manger m'indiquèrent qu'une fois encore le piège à souris n'avait pas marché. Après quoi, j'ai rangé mon appartement, ce qui m'arrivait toutes les morts de pape. J'ai même passé l'aspirateur dans le salon ; j'aurais voulu le faire également dans ma chambre, mais le sac était plein. En rangeant, j'ai retrouvé une chaussette que je cherchais depuis un certain temps, un carnet de chèques mystérieusement glissé sous un fauteuil, et une facture impayée. J'ai ensuite pris une douche. J'avais acheté un gel à la pêche, et l'odeur qui s'en dégageait m'avait presque réconcilié avec l'expérience douloureuse qui consiste à se déshabiller et à se mettre sous l'eau le matin quand ça caille. Puis, après avoir fait toutes ces petites choses sans importance, n'ayant plus d'excuses sous la main, je me suis forcé à sortir pour aller chercher mon costume. C'était le début d'une grande journée.

Je connaissais une seule phrase en chinois, et elle représentait à peu près ce que j'avais dans la tête entre Bastille et République. Cette phrase, c'était : *Wu-fa wu t'ien.* Prononcez comme ça s'écrit.

Selon certains experts, dont Edgar Snow, elle signifiait : *je suis un vagabond qui passe sous une ombrelle trouée.* Pas de bol, en gros. Il existait cependant d'autres façons de la traduire. Selon Simon Leys, par exemple, elle voulait dire par homophonie : *je n'ai ni foi ni loi.* Cette version me parlait davantage. J'étais allé régulièrement à la messe quand j'étais petit. À vrai dire, j'avais poussé le vice jusqu'à devenir enfant de chœur. Mais on ne pouvait pas me le reprocher, j'étais jeune. Et puis, quelle âme est sans défaut ? D'ailleurs, il n'est pas sûr qu'on puisse vraiment parler d'un vice : on pourrait même croire à l'existence d'un Dieu pour les enfants. Pour le monde des adultes en revanche, je n'avais qu'un doute suspicieux. Mais rien ne m'énervait plus que ceux qui revendiquaient si facilement leur athéisme comme s'il n'était pas lui aussi couvert de ténèbres opaques.

Selon certains sinologues, la formule que l'on attribuait à Mao signifiait aussi : *je ne crains personne sous le ciel et sur la terre ; ni Dieu ni maître ; je suis un homme libre.* Cette nouvelle traduction de Han Suyin montrait clairement la difficulté de la langue chinoise et, en élargissant un peu, le caractère ennuyeux de leurs réflexions. Bref, je n'avais pas du tout envie de me frotter à ma petite Chinoise.

Les Chinois, c'était trop compliqué.

Un autre élément venait se greffer à cette problématique intellectuelle. J'avais remarqué que les femmes chinoises avaient souvent de toutes petites jambes, et cela me repoussait terriblement. L'empire du Milieu, c'était donc ça. En fait, c'était comme pour les grosses : leur centre de gravité n'était pas sur les hanches, mais sur le bas-ventre, ce qui faisait, selon une théorie développée aux abords de la place de la République, que leur cerveau frontal subissait une pression anormale et qu'il leur était impossible de tenir un raisonnement cohérent. Je m'en étais presque convaincu lorsque j'arrivai devant la petite porte au-dessus de laquelle des néons éteints étaient suspendus.

Même odeur de lessive flottant dans l'espace exigu de la pièce. Une cliente discutait avec la vieille d'une chemise. Elle lui montrait une tache qui ne partait pas, elle était très embêtée, c'était un cadeau. La vieille semblait concentrée et ne m'aperçut pas tout de suite. Il faudrait mettre un produit qui n'abîmerait pas la couleur. Elle oscillait verticalement la tête à en donner le mal de mer. Je regardais la scène en redoutant de voir la porte de derrière s'ouvrir et de me retrouver en face de ma petite Chinoise. Que m'aurait-elle dit ? Rien, *a priori*, puisqu'elle ne parlait pas français, mais quel regard, avec quel regard m'aurait-elle dévisagé ? Soudain, la vieille me reconnut. Elle sortit automatiquement un sac avec mes affaires, les posa délicatement sur le comptoir et me regarda droit dans les yeux avant de faire un sourire malicieux. Elle fit un bruit bizarre avec sa gorge, un bruit d'avant l'invention du langage, prit l'argent d'une main, et de l'autre me donna deux bouts de papier sortis miraculeusement d'un tiroir.

— Pour vous. C'est très important. Très très important.

Je l'ai regardée pour essayer de comprendre ce qu'elle mijotait, puis je suis parti avec mes affaires, plutôt indécis sur la question de savoir si je devais être soulagé ou non.

Un peu plus loin, j'ai jeté un coup d'œil à ces bouts de papier. Sur le premier, Li avait écrit son numéro de téléphone. Apparemment elle voulait que l'on parle. En quelle langue, elle ne le précisait pas. Le second était un emballage plus épais, je mis un certain temps à comprendre qu'il y avait quelque chose à l'intérieur. En tirant sur les deux extrémités, le paquet s'ouvrait. C'était une sorte de gâteau sec, un gâteau chinois sans doute. Sans trop réfléchir, je le mis en bouche. Je dus mâchouiller un certain temps avant de comprendre que j'avais un bout de papier coincé entre les dents, et qu'il s'agissait en réalité d'un *fortune cookie*, ces gâteaux sans goût qui contiennent des messages, une sorte de proverbe qu'on vous distribue dans les restaurants chinois, surtout aux États-Unis. Pour la beauté de la chose, j'ai juré à voix haute avant de cracher le message mouillé. Et, en bon élève, j'ai lu attentivement les caractères minuscules : *La sainteté est une conquête et non une grâce.*

Bon.

Et c'était censé être très important ? J'ai jeté ma fortune dans la première poubelle tout en me rappelant, à titre indicatif, qu'un être humain sur quatre était chinois.

CHAPITRE 3

*« La sainteté est une conquête
et non une grâce. »*

J'avais maintenant mon costume.

Comme je n'avais rien à faire de précis, j'ai décidé de me balader dans le coin. J'ai marché jusqu'à Bastille, puis j'ai traversé le Marais, la lumière donnait une teinte rousse à la pierre ancienne. Je regardais un peu les gens autour de moi. Des idées noires me traversaient l'esprit. Dès que je relâchais l'attention, je pensais à Lou, je pensais à la soirée qui allait venir, j'étais complètement captif de cette obsession, et je m'en voulais. J'avais peur, et l'effondrement que j'étais en train de vivre se passait dans des conditions plutôt morbides. Dans le petit parc, près de la passerelle, j'ai envoyé au tapis un pigeon qui traînait dans les parages en lui balançant à la tronche des cailloux pointus. J'ai ensuite sauté à pieds joints sur son petit corps pour voir ce que ça faisait : toute une partie de la réalité m'est alors apparue, en rouge sang, vert foncé et jaune, c'était très joli.

Je suis finalement rentré à pied chez moi. L'heure approchait. J'ai pris une deuxième douche et j'ai mis mon costume blanc. J'ai hésité pendant un temps mathématiquement proche de l'infini entre plusieurs paires de chaussettes, jusqu'au moment salvateur où je me suis rendu compte que c'étaient exactement les mêmes. Marie m'avait laissé plusieurs messages ; elle voulait que l'on se voie. Mais je n'avais pas la tête à ça ; j'avais l'estomac complètement noué à cause de l'anxiété. Ça me faisait penser aux examens. Combien de matinées gâchées à souffrir de la peur d'un contrôle sans importance ? Ceux qui les organisent les rendent fondamentaux pour se convaincre qu'ils existent socialement et humainement. Ce sont de petits êtres qui usent du seul pouvoir, immense, qu'on a mis à leur disposition, et dont la contrepartie est la peur des enfants. Mais l'enjeu, ce jour-là, était de taille. En fin de soirée, j'allais peut-être devenir un assassin.

Il paraît qu'un saint est quelqu'un qui n'a plus d'inconscient, et qui, par conséquent, ne rêve plus. C'est en tout cas ce que j'ai lu dans un article sur la psychanalyse. (J'avais ouvert un magazine qui traînait pour faire passer le temps.) Un théologien était interviewé et disait que nous étions tous parasités par des mémoires bien plus larges que nos problématiques strictement personnelles, qu'un travail sur soi permettait de s'en libérer, et qu'à ce titre les méthodes thérapeutiques n'étaient pas si éloignées du travail spirituel. Son argumentation me laissait plutôt indifférent, mais sa définition de la sainteté retint mon attention au point de susciter chez moi une vraie inquiétude. Car, en y réfléchissant bien, je ne me souvenais plus de mes rêves depuis plusieurs jours, c'était le vide intégral au réveil, le blanc complet (j'avais à ce moment-là oublié le rêve de l'immeuble dans lequel je m'étais in-

troduit et duquel il fallait que je m'échappe). Je ne rê-
vais donc plus. La conclusion s'imposait d'elle-même
avec la violence d'une demande en mariage : j'étais devenu un saint.

J'ai relu plusieurs fois l'article pour être sûr d'avoir
bien compris, et chaque ligne semblait confirmer ma
révélation. J'ai alors vidé plusieurs bières pour réfléchir à ce qu'impliquait pour moi la nouvelle consti-
tution de ma structure psychique – je parle de ma
sainteté, pour ceux qui ont du mal à suivre. Je me
suis d'abord demandé si ça me permettrait de coucher avec plus de filles, mais, à ma grande désespé-
rance, considérant que la folie douce, d'un point de
vue érotique, présentait plus d'intérêt, je compris
que, non, ma sainteté n'aurait pas d'influence à ce
niveau. Je me suis aussi demandé si cela me permettrait de reconquérir Lou qui prenait dans ce qui me
tenait lieu de cœur une place totale. J'étais sur ce
point sans réponse. Je ne savais même pas si j'avais
encore une miette de chance de la récupérer, mais,
dans le doute, j'osais un peu me battre, un œil gorgé
d'espoir vers l'horizon lointain, l'autre, déjà vaincu,
vers les tranchées et les tisanes de nos mères.

CHAPITRE 4

*« Noyade : mort par asphyxie
dans un liquide quelconque. »*

21 heures. Je suis sorti pour aller acheter un truc, après m'être convaincu que j'avais faim. J'attendais un coup de téléphone de Florian. Nous étions convenus qu'il m'appellerait pour décider où se retrouver. J'ai poussé la porte d'un traiteur et j'ai pris une salade. Je voulais avoir le ventre léger. Au cas où. Je suis remonté chez moi pour la manger. J'ai remarqué que je tremblais. Je me suis dit que le hasard faisait bien les choses. Je venais de prendre conscience de ma sainteté, et j'allais retrouver, à l'*Enfer*, la femme que j'aimais, un cutter à la main. Je me suis souvenu, aussi, de l'époque où le hasard n'était que le pseudonyme des dieux. Les dieux, dans ce cas, ne manquaient pas d'ironie. Ni de méchanceté, d'ailleurs. Une méchanceté qui révélait avant tout l'abandon dont nous sommes tous victimes. On pense naïvement qu'on a assassiné Dieu, alors que c'est lui qui nous a abandonnés. Nous sommes tous

orphelins d'un Dieu qui n'existe pas, ou quelque chose comme ça.

Cette évidence aurait pu me soulager puisqu'elle impliquait que tout était implicitement permis, même la vengeance, fût-elle horrible, mais je ne ressentis aucun soulagement, car je cherchais moins une excuse pour ma vie qu'un véritable pardon.

Le téléphone sonna. C'était Florian, une mauvaise nouvelle. Il avait un problème, ainsi qu'une voix étrange, inhabituelle, une voix que je ne lui connaissais pas. Il m'expliqua qu'il ne pouvait pas aller à la soirée, qu'il avait de gros soucis dont il me parlerait. Il me demanda si on pouvait déjeuner ensemble le surlendemain. Il ajouta qu'il était sincèrement désolé pour la soirée. Les cartons étaient à son nom et je ne pourrais pas y aller sans lui. Il raccrocha, et ce fut tout.

Sans trop savoir pourquoi, je suis resté un long moment à écouter les sonneries de mon portable. Puis j'ai mis de la musique, vu que j'avais du temps devant moi. Je me suis allongé directement sur le sol, sur la moquette bleue, et mon costume s'est froissé, mais je m'en foutais. J'ai écouté la même musique en boucle pendant au moins une heure. *I'm waiting on an angel, cause I don't want to go alone.* Dehors il faisait peut-être déjà noir. À l'intérieur aussi. J'étais persuadé que Lou serait à la soirée. Sur la musique, j'ai imaginé tout plein de belles choses que l'on aurait pu vivre ensemble. J'avais le cœur d'un enfant. C'est toujours avec son cœur d'enfant que l'on aime, et avec le reste que l'on trompe, que l'on se trompe. *Waiting on an angel to carry me home.* Il est même possible que plusieurs larmes aient voulu percer mes paupières, mais il faisait suffisamment noir pour ne rien en voir. *Waiting on an angel, cause I don't want to go alone.*

La tristesse ne connaît pas les frontières classiques de la matière, elle s'empare de tout ce qui l'entoure, elle agit sur le mode nostalgique de la contamination ; on n'est pas triste dans une partie de soi-même seulement, on est emporté par la tristesse comme un torrent emporte les jeunes pousses de jonquilles, le liquide pénètre le corps dans son ensemble et n'en sort plus. On appelle ça une noyade.

J'ai regardé dans le dictionnaire la définition de noyade, mais je suis tombé sur le mot *noyau*, juste à côté, et tout, dans cette lecture, me parlait de Lou. Noyau : partie centrale d'un objet qui est d'une densité différente de celle de la masse ; partie d'une comète qui, avec la chevelure, constitue la tête ; région centrale d'une tache solaire ; concentration de matière au centre d'une galaxie ; partie centrale du globe terrestre ; pièce résistant à la matière en fusion, que l'on introduit dans un moule pour obtenir des parties creuses sur la pièce coulée ; particules très fines en suspension dans l'atmosphère, et qui, ayant la propriété d'activer la condensation de la vapeur d'eau, jouent un rôle essentiel dans le déclenchement des précipitations.

Justement, on annonçait pour ce soir-là de pénibles précipitations.

Je pense à toi nuits. Je pense à toi jours. Aubes, crépuscules et aurores, je pense à toi toutes les lumières.

Je me suis endormi tout habillé.
Le lendemain, on était mardi.

J'ai commencé la journée par ne rien faire, à commencer par ne pas aller au boulot. Je me suis levé lentement. J'étais aussi un peu troublé parce que je venais de passer la nuit, en rêve, à démolir le portrait d'un type qui me ressemblait comme trois gouttes d'eau. C'était comme si je m'étais retrouvé en face d'un autre *moi* et que j'entreprenais, à coups de poing, de liquider ce salaud. Ma sainteté n'avait donc duré que l'espace de quelques nuits. J'avais retourné ma veste, j'allais maintenant devenir un débauché.

CHAPITRE 5

*« Il faut beaucoup de chaos en soi
pour accoucher d'une étoile qui danse. »*

Friedrich NIETZSCHE

1

Marie avait un sexe petit, fin et bien épilé.

Au moment où je la pénétrai, l'existence, dans son principe comme dans son aboutissement, m'apparut comme une aberration criarde, une sorte de nullité grotesque. J'avais conscience de la précarité intellectuelle de cette remarque, et du caractère contestable de la logique en vertu de laquelle mes pensées oscillaient douloureusement entre son sexe ouvert et cette même remarque, mais c'était ainsi. J'avais l'impression qu'on était embarqués dans une histoire sans consistance – la vie – dont la cruauté se réduisait à cette brutalité avec laquelle elle nous révélait, après plusieurs expériences douloureuses, qu'elle ne mènerait nulle part, qu'elle nous abandonnerait sans pitié devant un mur, un mur de silence et de larmes, un mur cynique et entouré de barbelés. On rejouait indéfiniment la même histoire. On rejouait l'histoire de tous les siècles.

Que pouvait-on face à tout ça ? Je me souvenais d'un écrivain qui disait qu'on devait se positionner face à la vie comme face à un fou. Si quelqu'un prétendait envers et contre tout qu'il était un poisson rouge, personne ne viendrait lui démontrer l'inverse en se déshabillant. Ce serait devenir soi-même fou, la considération de la réalité n'ayant par définition plus d'importance dans un contexte de folie. Il en allait ainsi avec le monde : nous le savions suffisamment absurde pour nous autoriser à ne pas le prendre au sérieux. Adhérer au monde, c'eût été accepter son néant. C'eût été se déshabiller devant une foule de passants pressés pour leur prouver qu'on était bien des hommes, et non des poissons rouges.

J'étais en elle, elle gémissait. Elle mouillait beaucoup, et les frottements avaient presque disparu, on naviguait dans une dimension abstraite. On était des poissons, elle et moi. Des poissons qui copulaient, certes, mais des poissons quand même.

2

Elle m'embrassait longuement.

En peinture, on a commencé par renier les sujets classiques, puis on a transformé la technique, on a choisi de nouvelles couleurs, on a concassé les formes, on les a meurtries, c'est alors qu'on est entrés dans l'abstraction, toujours hantés par cette certitude qu'il fallait détruire pour exister ; et on est enfin arrivés au fameux tableau blanc.

La musique et la littérature ont suivi le même mouvement. L'impératif de destruction, qui est celui de toute génération, de tout individu, conduit à terme à l'expérience du tableau blanc, au moment où il n'y a plus rien à détruire, à l'exception de soi-même. Nous en étions là. Nous étions spirituellement nus. Blancs, non pas d'une pureté immaculée, comme au début, mais d'un vide terrifiant et cynique.

3

La beauté n'est pas ce vers quoi l'on va. À mesure que le temps passe, la beauté s'use et se perd dans des espaces d'indifférence. La beauté est ce que l'on quitte, aveuglément.

La modernité a commencé le jour où des hommes se sont mis à peindre des fruits pourris et des objets décomposés. Le jour où l'on a pressenti que la laideur contenait une forme de vitalité, peut-être plus réelle que les équilibres surfaits d'une beauté archaïque. On a commencé à se nourrir de tout ce qui puait, on s'est vautrés dans la boue comme des porcs. Nous y sommes maintenant enlisés. Nous appelons ça l'esthétique de la laideur.

Les choses se sont passées d'une façon académique. J'ai écarté son petit haut pour pouvoir voir ses seins. Ils avaient la forme de deux faons, jumeaux d'une gazelle. Ils étaient un peu plus blancs que le reste de son corps. Elle a posé sa main sur mon pantalon qu'elle a déboutonné avec difficulté. Elle a pris ma bite dans sa main et a commencé à me sucer. Elle me regardait fixement pour donner plus d'intensité à sa caresse. Puis elle s'est concentrée, comme dans les films, elle a accéléré le mouvement, de haut en bas, pendant cinq bonnes minutes. Parfois, elle se retirait un peu en continuant à me branler, et elle me léchait le ventre en me regardant avec provocation. Comme je ne voulais pas éjaculer tout de suite, je l'ai remontée à ma hauteur.

Elle m'embrassait avec ardeur, on faisait tous les gestes insupportables de tous les amants du monde, elle me mettait un doigt dans la bouche, elle me mordait l'épaule, etc. Rien ne nous appartenait vraiment. Je l'ai plaquée sur le dos et j'ai commencé à lui lécher le sexe. J'entendais ses gémissements, son corps se tendait. Je tenais ses deux cuisses écartées, je les tenais avec force pour qu'elle sente ma présence. Je me noyais dans un océan de sécrétions, mon nez et ma bouche se perdaient dans cette zone imprécise, le vertige est un liquide salé, je la pénétrais avec ma langue et elle poussait un petit cri hypocrite, exaspérant. Puis je me suis allongé sur elle, son corps ne pesait rien sous le mien, et je l'ai prise. Avant, on aurait dit : *ils se sont aimés*.

On ne se regardait déjà plus. Nos yeux étaient pourtant ouverts. On était chacun de son côté, seuls avec soi-même, avec un brouillard d'obscurité entre nous. Elle s'est retournée et on a continué à simuler l'amour pendant encore une heure. Je découvrais en moi une sorte de jouissance qui n'avait rien à voir avec le plaisir ou avec l'érotisme. J'entrais dans ma propre part d'ombre, c'était la haine qui me guidait, une haine démesurée, une haine destructrice. Je baisais cette fille parce que je voulais l'anéantir, la pulvériser, l'exterminer. Mais je réalisais aussi qu'elle n'était qu'un pantin, et qu'à travers elle c'étaient toutes les femmes, c'étaient Lou et toutes les autres que je voulais éliminer.

5

En musique, les répétitions sont nécessaires pour atteindre la beauté. Dans la vie de tous les jours, les répétitions ne mènent nulle part. On a l'impression de vivre des choses intimes, personnelles. Mais les vies deviennent laides tellement elles se ressemblent. Nous rejouons l'histoire de tous les siècles, nous sommes à mourir de rire, et pourtant nous ne rions pas du tout.

Il est odieux de constater que l'on refait ce qui a déjà été fait. Odieux de se sentir sur un manège ridicule. Avec de faux chevaux en bois flanqués de faux rictus morbides. Et ce n'est pas vrai que le faux est un moment du vrai. L'inverse est déjà moins faux. La violence est la réaction à cette impression d'emprisonnement. Chaque geste, une morsure légère sur l'épaule par exemple, est une confirmation de notre propre captivité.

Le véritable désespoir ne vient pas de la mortalité de l'homme, comme on a le réflexe simplificateur de le dire, mais de son immortalité. C'est parce que nous sommes immortels que la vie est un calvaire. Ce n'est pas de ne pas être devenus César que nous désespérons, mais de ce *moi* qui ne l'est pas devenu. De ce *moi* immortel qui jamais ne se suicidera, qui jamais ne se dépassera, qui restera inflexiblement le même, nous ramenant toujours aux mêmes erreurs, aux mêmes défaites, au même cheval de bois.

On avait déjà baisé cinq ans auparavant. Je retournais cyniquement à mon passé pour signifier à l'avance ce qui m'attendait un peu après. En musique, les répétitions sont nécessaires pour atteindre la beauté. Dans la vie, rien ne se crée, rien ne se transforme. Tout se perd.

CHAPITRE 6

Lou, encore. Je l'ai croisée dans la rue quelques jours plus tard. L'été finissait sa journée. J'étais resté au moins un quart d'heure à écouter un musicien qui jouait l'*Ave Maria* de Schubert, pratiquement allongé sur sa contrebasse. C'était beau comme le début du monde. À côté de la place, il y avait des manèges. Un enfant pleurait parce que sa mère ne voulait pas lui payer un autre tour. Un homme à vélo a failli les renverser, la mère s'est mise à hurler, et comme le vélo était déjà loin et que le gamin pleurait toujours, elle lui flanqua une baffe.

Je voudrais raconter les choses comme elles se sont passées. Ne pas évoquer l'expérience de l'intérieur. Juste décrire, sans m'arrêter au reste. Je l'ai croisée près du *Café de Flore*. Elle est passée devant moi sans me voir, j'étais à la terrasse en train de m'intoxiquer à la camomille, et elle passa à deux mètres de moi, c'était la deuxième fois que je la revoyais depuis notre rupture, elle traversait l'espace enveloppée d'un long manteau noir et d'une écharpe en laine épaisse ; elle était belle comme l'*Ave Maria* de Schubert, un soleil s'était endormi dans ses cheveux ; j'ai renversé ma tasse sur mon pantalon, la coupelle est tombée à terre et s'est brisée – elle a continué son chemin sans se retourner.

Je me suis levé et je suis parti sans payer. Comme ça, tout le monde le sait, je dois trente-six francs au *Flore*. J'ai marché derrière elle. J'ai fait en sorte de ne pas me faire voir. J'ai hésité à courir vers elle et à l'embrasser, mais je n'étais pas certain qu'il s'agisse de la meilleure méthode. Alors je suis resté derrière, au loin. Comme une ombre. L'ombre de son chien, disait Brel.

Ce corps que je voyais devant moi, qui se faufilait parmi les gens sans se mélanger pour autant avec *eux*, ce corps, je l'avais tellement aimé. Après six mois d'absence, je pouvais redessiner sa géographie, explorer ses contours, ses arrogances subtiles. J'avais toujours cru qu'il était fait pour le mien, et le voilà qui fuyait devant moi, sur le trottoir anonyme d'une rue quelconque. J'aurais voulu lui dire je t'aime, mais c'était trop tard. On ne vivrait jamais tous les deux. J'avais dans ma poche le fameux cutter, je l'avais maintenant dans ma main, je le serrais comme un paralytique serre une croix.

Elle s'est arrêtée dans un kiosque pour acheter un magazine. Je la reconnaissais bien là, ma Lou. Toujours à acheter des magazines plutôt que des livres. Je sentais que des décharges de souvenirs voulaient s'imposer à moi, mais je les éradiquais sans pitié, je ne voulais pas me souvenir. Je m'abandonnais sans scrupule à la tentation de l'oubli. Il n'y avait plus que

94

les faits et nos deux corps voulant les résumer. Elle a pris à gauche, vers le Quartier latin. Nous avons croisé plusieurs rues pour remonter jusqu'à la Seine. Nous avons traversé le pont et nous nous sommes rendus au Louvre, au pied de la pyramide. Elle s'est assise au bord de la fontaine. Elle semblait se regarder dedans. J'étais un peu plus loin, caché par une statue de pierre. J'étais prêt à la suivre jusqu'au bout. Des images horribles me parcouraient régulièrement. Et soudain un type s'est approché d'elle. Il lui a demandé l'heure sur un ton anodin, elle a répondu sur le même ton, puis elle a explosé de rire, et elle a sauté dans ses bras. Ils se sont embrassés un long moment. Elle a approché son visage, et lui a dit quelque chose à l'oreille. Il l'a prise par l'épaule, et ils sont partis.

CHAPITRE 7

Je n'avais pas bougé. Je n'étais même pas triste. Et ondré sans être triste. Cette histoire se finissait d'une açon tellement banale, d'une façon tellement médio re que j'en perdais tout désir de tristesse. J'avais es péré tellement de grandes choses pour la vie. J'avais e m'en souviens, tellement d'espoirs. Et voilà, on en tait peut-être au point culminant de mon existence nsignifiante, voilà, ça se passait comme ça, ça se ré lait avec les formules les plus utilisées. J'aurais sou aité, au moins, que mon malheur fût héroïque, létestable, qu'il fût une dévastation sans précédent 'avais en réalité un rôle moins gratifiant. J'étais celui ui pleure d'une histoire misérable. D'une histoire as de gamme. Sans consolation sur la puissance de on destin. Des larmes tièdes.

J'ai revisité toute notre histoire pour tenter de m'en léfaire, et plus je la parcourais, plus j'avais l'impres ion qu'on aurait presque pu, qu'on était passés à côté le quelque chose, et que c'était maintenant trop tard, jamais trop tard. Tous mes espoirs défilaient yniquement. Nous aurions beaucoup voyagé, ensem le. Nous serions partis pour le désert du Moyen-

Orient, la Jordanie et Israël. Nous serions partis pour l'Amérique latine vers les lacs magiques de Bolivie. Nous aurions vu tous les continents, et partout nous aurions fait l'amour. C'est con à dire, mais nous aurions eu des enfants, et tout ça. Je sens que cela fait rire. D'avoir mon âge et de dire ce que je dis. Mais en voyant Lou s'éloigner au loin, la tête posée sur l'épaule d'un inconnu qui aurait pu être *moi*, mais qui ne l'était pas, je sentais que quelque chose venait de se briser. Va, ami, n'insiste pas, les vies sont laides tellement elles se ressemblent ; n'insiste pas, on a compris.

Il a bien fallu que je me décide à rentrer chez moi. J'ai pris le bus, pour changer. Quand le soleil est apparu, je regardais les rues défiler derrière la vitre sale, je regardais sans insistance les éléments qui se laissaient capturer par la vision en mouvement, je regardais des gens marcher, je leur trouvais un nom, une histoire, puis je les relâchais sans avoir trouvé ce qui les faisait vivre.

Depuis le matin, le ciel n'avait pas changé, et rien en lui ne laissait espérer une modification du gris invariable qui le recouvrait. Couleur des rues quand on a froid. Couleur trottoir des jours tristes. De l'épuisement du ciel quand ça commence à parler de l'automne.

Et soudain le soleil a envahi tout ça pour traverser la vitre du bus jusqu'à mon visage presque aveuglé. J'ai alors porté ma main au visage. Sur le siège d'en face, la démarcation entre l'ombre et la lumière était tellement nette qu'il me semblait qu'il ne s'agissait plus de deux variations plus ou moins intenses de la même lumière, mais de deux domaines limités dans l'espace, et que je me situais à leur frontière, fragile et fugitive, comme si je pouvais pénétrer dans un autre monde, différent, sensible, partout présent, et pourtant invisible. J'ai senti que le rayon allait disparaître, que le chaud, sur mon visage, se faisait plus discret, et qu'il fallait le retenir. Bientôt les choses allaient retomber dans le domaine du gris.

J'ai fermé les yeux, et le soleil dessinait deux papillons orange sous mes paupières. J'ai entendu la plage de Bretagne où je passais mes étés, enfant, quand tout était simple. J'ai entendu le chahut à l'agonie des vagues, les cris d'enfants, le ronronnement des bateaux à moteur, le sifflement des planches à voile ; j'ai deviné l'odeur de sel que transportait l'horizon, le sable, la sensation des pieds, nus sur le sable chaud, les goûters à la marmelade de pomme, le vent, les mouettes, et le bleu à perte de vue, ma vie à marée haute, tout cela contenu dans un rayon de soleil fuyant.

Puis j'ai senti la lumière se retirer, et mes souvenirs se dissoudre. J'ai senti la nuit me recouvrir, et le gris retrouver son empire glacial. Quand j'ai ouvert à nouveau les yeux, c'était déjà l'automne.

On dit que l'amour rend aveugle et que le désespoir de ne pas être aimé coupe plus certainement qu'une lame de cutter : ce n'est donc pas anodin si mes larmes laissaient derrière elles de longues traînées rouges.

TROISIÈME PARTIE

CHAPITRE 1

À l'automne, les feuilles tombent parce qu'elles savent qu'elles renaîtront un jour. C'est d'un arbre immense que l'on tombe, lorsque l'on tombe amoureux. On perd progressivement sa couleur, on commence à puer la fragilité craquante des feuilles, et puis un petit vent nous emporte vers les profondeurs de la terre, sans promesse, sans espoir ; pour l'espoir, il n'y a pas de saison.

J'ai commencé à les imaginer ensemble. À leur créer une histoire, des jeux d'amants, une complicité amoureuse. À inventer des lieux où ils se seraient rencontrés, les phrases qu'ils auraient pu se dire, et quand la douleur a été suffisamment forte, je me suis tu. Le téléphone a sonné plusieurs fois. Marie essayait de me contacter, mais je ne décrochais pas. Je ne savais pas comment faire avec elle. À vrai dire, je ne me posais même pas la question. J'étais noyé dans ma propre douleur. Cette douleur devenait presque physique, elle était une petite boule de métal. Je vivais avec elle, à chaque instant, en oubliant parfois son motif. Elle se désincarnait progressivement de cette histoire misérable et ordinaire.

Je ne suis pas sorti de chez moi pendant plusieurs jours, parce que tout, dehors, me semblait hostile. Un couple d'adolescents en train de s'embrasser. L'odeur de son parfum sur une autre silhouette. Le rire d'une femme. Toutes les exubérances du bonheur des autres. Et puis, chez moi, il faisait plus chaud. J'ai passé un certain temps à simuler la mort ou à l'invoquer. Je me la représentais comme un oiseau s'échappant du corps, comme un envol s'échappant de cet oiseau, puis comme un mouvement s'échappant de cet envol. Mais la mort ne venait pas. Alors j'ai commencé à réfléchir à des méthodes plus efficaces que la simple simulation. D'abord, je me suis imaginé mort. Pour voir ce que ça faisait. C'était plutôt reposant. Enfin, c'était quand même étrange de se dire que le corps était soumis au devenir du sable ; d'autant que je n'avais personnellement aucune affinité avec le sable.

Au début, j'avais projeté de retrouver Lou. Cette idée m'avait redonné vie pour quelques jours. La retrouver et devenir cruel. Je m'étais même installé à la terrasse d'un café, en face de son appartement, et j'avais attendu, les yeux bloqués sur cette porte qui ne s'ouvrait pas, rêvant d'un destin tragique. Mais j'avais finalement abandonné. J'avais cependant conservé le cutter, c'était un cutter de merde acheté dans un supermarché. Je l'avais démonté pour en extraire la lame métallique, et je l'avais mise de côté. Mon idée était de m'en servir pour disparaître. Je voulais que cela soit moche. Je voulais prendre cette lame, et l'avaler. Je voulais qu'elle me déchire de l'intérieur, qu'elle me fasse saigner et que ce sang se diffuse en moi. Un jour, dans un accès de mélancolie, je l'ai mise dans la bouche avec la ferme intention de l'avaler. La lame était froide sur la langue. J'avais fermé les yeux, et je me répétais : tu vas crever, c'est donc comme ça, les derniers instants. Je me suis demandé combien de temps ça allait mettre pour que le sang remonte dans la trachée, pour que je m'étouffe dans mon sang. Au fond, je savais très bien que j'allais la recracher, cette lame coupante, mais je la gardais en bouche, pour me faire peur peut-être. Il y avait dans la cage d'escalier de l'immeuble un crucifix misérable qui pendouillait au mur. Suggérant avec perfection la morbidité et la dépravation, caressant la souffrance comme une amante, et transformant en modèles les fanatiques de l'automutilation, les prêtres de la mort et de la culpabilité. Un peu plus tard, j'ai recraché la lame.

Le téléphone a encore sonné, Marie probablement, mais je ne réagissais pas, je restais inerte comme un animal à l'agonie, imperméable aux appels de l'extérieur. Je ressentais même un certain plaisir à ne pas répondre, à découvrir qu'il était si facile de ne plus se mêler au monde, à lui envoyer au visage le vide terrifiant qui me terrifiait. J'ai compris que je ne vivais plus, que je me contentais, comme tant d'autres, d'*assister* à ma propre vie : je suis assis dans un fauteuil en vieux cuir et je regarde fixement le petit appareil qui m'aboie l'existence du monde extérieur, et je le regarde avec un sourire sournois, déployant le dernier pouvoir de l'être, le plus redoutable : l'indifférence. Je ne réponds pas. Ah ! ce sourire, ce faux sourire qui porte tant de larmes et de désillusions, je le sens avec tellement de précision sur ma bouche muette ; je voudrais l'offrir au monde entier, ce sourire sournois et faussement détaché, au monde entier comme un refus global, une exposition de ma haine et de ma misère, de la haine de ma misère – et les insectes m'applaudiront. Il faudra un jour lui faire cracher son secret, à cette terre maudite et nulle.

Je sentais que ma douleur s'appelait de moins en moins Lou. Il m'arrivait même de passer plusieurs jours sans penser à elle. Il y avait quelque chose de bien plus profond qui me hantait ; je commençais seulement à le concevoir. J'aurais pu aller me faire soigner, mais je ne comprenais pas les références idiotes d'équilibre intérieur. L'homme n'était pas, selon moi, une machine que l'on régule quand tout ne tourne pas rond. Il y a des bagnoles que l'on porte à réparer lorsque le moteur fait des bruits bizarres. Et, quand on ne peut plus les réparer, on les balance à la casse. Vous souffrez ? Oui ? Eh bien, tout le monde souffre ! C'est là que réside la dignité de l'homme.

Ma souffrance, très vite, me devenait même chère. Elle devenait une protestation contre la vie elle-même, la manifestation d'une résistance intérieure à quelque chose d'indéfini. Je ne voyais autour de moi que des artifices stériles. Je me demandais ce qui faisait vivre les autres. Rien ne semblait justifié. Un regard nouveau naissait dans mes yeux, tenus jusque-là dans une cécité totale. Je pensais à ces orages terribles qui grondent parfois en août, à la force qu'ils témoignent dans les précipitations qui les accompagnent. Je pensais à cet air instable qui surgit quand la pluie a cessé. Aux odeurs nouvelles. J'en étais là. Je ne savais pas encore vers quelle saison j'avançais, il restait encore des particules en suspension, mais le ciel n'avait plus rien à pleurer. Il y avait devant moi un vide. Je ne parle pas de l'absence de Lou. Je parle de quelque chose d'autre. Un néant à l'origine des choses. Je me sentais comme un exilé. Il y avait une terre au fond de moi qui me manquait. Une terre vers laquelle je n'avais cessé de me diriger sans le savoir.

Tout le reste n'avait été qu'un prétexte vulgaire. Une façon d'éjaculer le néant à petits coups.

Il m'arrivait parfois de plonger en moi et de me noyer dans le liquide étrange qui me composait. Je repensais alors à mon histoire de chien. Je sentais en moi des larmes profondes qui ne s'étaient jamais taries. Comme si je n'avais jamais cessé, en silence, de pleurer. Et je me demandais si la mort de Moïse n'en était pas la source cachée.

On avait tenté de me réconforter en m'achetant une peluche de chien, mais cela n'avait rien fait à mon chagrin d'enfant. Je revoyais souvent en rêve le chiot dévoré par sa mère, je revoyais l'avalanche de sang, et les crocs menaçants de la chienne. J'avais récupéré le petit corps, à trois rues de chez moi, je l'avais mis dans un sac vert, et je l'avais enterré dans le jardin. À cet endroit, j'avais déposé plusieurs pierres en hommage. J'allais m'y recueillir, parfois, lorsque je me sentais seul.

Depuis cet épisode, je considérais la naissance comme un acte criminel. J'avais déjà vu à la télé un accouchement. Une caméra se trouvait en face du vagin dilaté, à l'endroit précis où je m'étais placé pour la naissance du chiot. Je me souviens d'un paysage pornographique. Parfois, je fermais les yeux et je tentais de me rapprocher de cet instant originel. Je ne voyais rien de précis, et les rares impressions que je parvenais à avoir n'étaient que des constructions de l'intellect ; les sensations, elles, se recueillaient dans une absence à laquelle je n'avais pas accès. Plusieurs images me venaient à l'esprit, mais je conservais l'incertitude de leur authenticité. Je tentais de parcourir ma vie à reculons, et je butais sur des zones floues, extraites de toute chronologie, défaites de mon histoire. Dans cet effort, j'arrivais évidemment au commencement de tout.

Maman m'avait plusieurs fois évoqué le souvenir de son accouchement. Elle était arrivée d'urgence à la clinique un vendredi soir. Elle s'était sentie mal, et on l'avait amenée plusieurs jours avant la date prévue. Un désordre complet régnait dans les couloirs sordides et hypocritement blancs de la clinique. La pleine lune et la conjonction d'autres phénomènes faisaient de cette nuit un moment de surcharge pour le personnel qui se révélait tout à fait insuffisant. On avait placé maman dans une petite pièce sombre. On l'avait parquée en attendant d'être plus disponible. Une jeune femme se trouvait à ses côtés. Une Algérienne qui travaillait dans cette clinique depuis plus de dix ans. Elle avait perdu son calme car l'enfant se présentait mal, et elle était seule. Maman ne voulait pas qu'on lui fasse de piqûre, et la douleur se faisait de plus en plus forte. Maman serrait le drap de ses poings, serrait les dents, maman serrait très fort. Elle commençait même à pleurer, et l'infirmière ne comprenait pas. Elle s'absenta un instant, personne n'était disponible. Elle cria dans le couloir, son cri resta sans réponse. Alors elle décida de faire sortir le bébé toute seule. Maman respirait mal, elle ne poussait pas, à cause de la douleur, à cause du viol de la douleur. Et pourtant le bébé sortit. C'était un garçon. Il était couvert de sang et il avait froid. Pour lui, le bonheur s'achevait.

L'infirmière le donna à sa mère, mais la mère ne le prit pas. Elle continuait à hurler, à avoir mal, elle était paralysée par la souffrance. L'infirmière comprit qu'il y avait un problème. Une complication. Rouge. Il y avait du sang sur son ventre, sur son sexe, sur ses deux jambes. Une mer de sang. Maman perdait son sang. Une hémorragie. Interne. Son bas-ventre avait déjà, sous la peau, la couleur sombre du vin. L'infirmière ne savait pas quoi faire. Les raisons de son acte furent probablement nombreuses, mais je ne me souviens que d'une explication vague, celle dont se contente un enfant. Il fallait permettre un plus grand débit de sang par le vagin. L'infirmière, dans la panique, prit une paire de ciseaux, fine et aiguisée. Elle commença par attacher les jambes et les mains de maman. Puis elle écarta ses cuisses sans douceur. Elle écarta aussi les lèvres abandonnées. Elle était maintenant à *l'origine du monde*.

Elle glissa la première lame dans l'orifice. Elle tenait le sexe de maman dans ses ciseaux. J'étais sur le côté, dans une serviette d'innocence. Maman se débattait. Et l'infirmière serra violemment, et sectionna, découpa le vagin pour élargir le trou meurtri. Maman hurla. Un hurlement de bête. L'infirmière donna un autre coup, découpant la chair comme on découpe un tissu. Une avalanche de sang souilla ces premiers instants. On appela une anesthésiste. Elle ne vint qu'une heure après. On me mit dans une autre salle. Et une semaine plus tard, dès qu'elle retrouva ses esprits, brouillés par la torture, on nous présenta enfin.

Après cet épisode, je crois me souvenir que j'eus une difficulté physique à me séparer de maman. Sa présence avait un pouvoir consolateur immense. Une chaleur vitale. Dans la maison, je la suivais partout. Lorsqu'elle faisait ses vocalises, je me tenais à quelques mètres d'elle. Ses concerts étaient parfois des souffrances dont il est peut-être difficile de mesurer l'ampleur. Quand elle n'était pas là le soir ou qu'elle rentrait tard, je me levais en pleine nuit, je traversais l'appartement pour me réfugier dans sa chambre, dans son lit où elle se glisserait bientôt. Quand elle s'absentait pour des heures infinies, elle me laissait le foulard qu'elle avait porté pendant la journée, le foulard qui était censé protéger sa voix, elle le déposait sous mon oreiller après avoir pris le soin de le parfumer. On éteignait la lumière, j'entendais ses pas s'éloigner, la porte de l'entrée se fermer, et, très vite, mon désespoir se fondait dans un mélange de larmes et de parfum. Je cherchais des positions qui auraient pu me faire oublier le besoin physique d'être près d'elle, mais je ne trouvais pas.

Le mercredi après-midi, par contre, elle m'emmenait avec elle. Je n'avais pas classe, et, comme chaque semaine, on avait rendez-vous avec son professeur de chant. Maman avait une voix cristalline, une voix reposante, magnifique qui concentrait si justement ce que je pouvais ressentir pour elle. Je n'écoutais pas vraiment la musique qui s'échappait de sa bouche. J'écoutais sa voix. Avant de monter les quatre étages, on s'arrêtait dans une boulangerie en bas de l'immeuble, et elle m'achetait un croissant au beurre, c'était un rite indéfectible. On montait les quatre étages avec empressement, j'avais commencé mon croissant, mes doigts luisaient déjà, et j'étais déchiré entre le réconfort infini que m'apportait son attention et la certitude de sa fin proche. On sonnait, et une grande porte s'ouvrait devant nous, comme l'annonce d'une petite mort. Il faudrait se séparer l'espace d'une heure.

Je revois vaguement le salon dans lequel j'étais censé attendre, avec une table ronde sur laquelle était posé un objet qui me captivait et dont la présence annulait celle des autres objets de la pièce. Une pyramide en cristal, grande comme une balle de tennis, qui changeait de couleur en fonction de l'orientation de la lumière. Je jouais avec en imposant sur le cristal la marque grasse de mes petits doigts. J'inspectais la chose pour essayer de comprendre la loi incroyable qui régissait cet objet. Plusieurs arcs-en-ciel traversaient la pyramide. J'avais curieusement déduit des difficultés que j'avais à déterminer cette loi que j'avais dans la main la preuve de l'existence de la magie et, par extension, du bonheur. Il me suffisait de la mettre dans la trajectoire de la lumière pour qu'apparaissent sur le mur d'en face des papillons multicolores. Ces formes lumineuses évoquaient les taches blanches qui parcouraient les murs de ma chambre, la nuit, chaque fois qu'une voiture passait devant ma fenêtre. Elles évoquaient tous les détails du quotidien que l'esprit anime de vie, d'histoires et de légendes, tous les objets anodins qui deviennent subitement, dans un jeu improvisé, un vaisseau spatial, un avion ou un animal. Cette métamorphose imaginaire se produisait dans un univers très précis, dont la voix de maman faisait partie intégrante. Cette voix éveillait en moi un calme surprenant, comme si elle se résumait aux berceuses qu'elle me chantait parfois lorsque je n'arrivais pas à dormir, ou lorsque j'étais triste. Elle parvenait à annuler automatiquement tous mes soucis d'enfant, mes chagrins de la journée, à l'école. Elle m'enlevait au temps et me rendait à un espace merveilleusement doux qui nous unissait secrètement.

Maman me fredonnait des airs à l'oreille pour me consoler. Je me souviens d'une dispute horrible qui s'était réglée comme ça. Je lui avais dit, un jour, que je n'avais pas classe, car je voulais absolument rester à la maison. Elle m'avait fait promettre que je disais bien la vérité, et je n'avais pas hésité : je lui avais même dit que l'école tout entière était fermée pour la journée. J'avais ainsi passé une partie de la matinée à regarder des dessins animés, confortablement assis dans le canapé rouge du salon, réconcilié avec l'existence, apaisé de la savoir dans une pièce voisine. J'avais à l'époque un rejet presque physique de l'école, et il me semblait bien plus épanouissant pour un enfant de rester chez lui auprès de sa mère, à faire des choses qui le concernent et qui l'intéressent. La logique qui consistait à s'enfermer pour apprendre des règles inutiles me semblait vraiment grotesque. J'étais un déserteur récidiviste des devoirs du soir. Je simulais un peu les efforts qu'on exigeait de moi pour calmer maman qui paraissait très attachée à ces calvaires quotidiens, mais je n'allais que rarement au-delà de la simple simulation. Je parvenais parfois à m'isoler de cet enfer pour des journées bénies, il me fallait pour cela corriger la vérité. J'étais dans un état proche du bonheur à la simple idée que les autres étaient tous à l'école et que j'étais, moi, tranquille à la maison. Il est absurde de prétendre que le soleil soit fait pour autre chose que pour se lever le matin et se coucher le soir. Je pensais qu'il était autant absurde de prétendre qu'un enfant soit fait pour autre chose que pour vivre auprès de sa maman. Et à l'école, justement, on exigeait de moi des performances qui allaient contre mon désir de vie.

Maman découvrit le mensonge en milieu de journée, après avoir croisé dans la rue la mère d'un autre enfant. J'en fus d'abord informé par la femme de ménage qui avait toujours l'habitude d'en rajouter et qui prétendait que maman était très en colère. Je me suis effondré intérieurement. J'étais dévisagé. Je ne pouvais plus rien faire pour éviter sa colère et, pire encore que sa colère, sa déception. Maman allait revenir d'un instant à l'autre, elle allait venir me voir, me gronder sévèrement et me lancer un regard brutal qui me ferait souffrir. L'évidence de la vérité est insupportable pour le mensonge. Je me suis réfugié dans ma chambre, estimant que les dessins animés n'arrangeraient pas mon cas, et je me suis mis à pleurer assis sur mon petit lit. J'essayais, dans mon chagrin, d'entrevoir des issues possibles, mais je n'en voyais pas. Je l'avais déjà déçue, et je n'avais pas le courage de la regarder en face. Je me suis imaginé partir, quitter la maison et marcher au loin. Dehors, il neigeait depuis plusieurs jours. Je me voyais prendre la route dans le froid pour payer mon crime. Je vivrais de ce que je trouverais, comme Rémi sans famille. Cette idée me traversa l'esprit d'une façon très concrète. Mais déjà j'entendais la porte de l'entrée.

Je me suis réfugié dans les toilettes, dont la porte présentait l'avantage d'avoir un verrou. Maman est venue me voir. Elle m'a demandé de sortir. Je n'ai pas répondu, j'étais pétrifié, j'aurais voulu me noyer dans mes sanglots. Ou me faire aspirer par la chasse d'eau. Au timbre de sa voix, j'ai compris qu'elle était en colère. De l'autre côté de la porte, je me disais qu'elle devait commencer à regretter de m'avoir fait naître. Je n'avais pas été à la hauteur. Elle insistait pour que je sorte, et comme je persistais dans un silence de larmes dans lequel elle ne pouvait pas me rejoindre, elle s'est mise à me parler d'une voix plus douce. Mais je ne pouvais pas répondre, et je sentais trop bien que ce silence était la dernière chance que j'avais de me réconcilier avec elle. J'ai attendu encore un moment, puis j'ai senti qu'elle commençait à s'impatienter, et qu'elle allait bientôt retourner à ses affaires. Alors, avec des doigts timides, j'ai ouvert le verrou et je me suis enfui en courant dans ma chambre pour me réfugier sur mon lit, parmi mes peluches qui m'étaient toujours, dans les moments difficiles de la vie, d'une aide considérable. Elle est venue me rejoindre. Elle s'est assise à côté de moi. Je me cachais le visage et je pleurais. Mon corps tremblait. Elle m'a pris dans ses bras. Elle n'a rien dit. Elle m'a juste serré dans ses bras. Avec une douceur infinie. Et elle a commencé à fredonner une chanson que j'aimais bien. L'histoire d'une petite fille qui regarde les étoiles. J'avais posé ma tête sur son épaule, et je regardais par la fenêtre en écoutant sa voix. Mon corps tremblait contre le sien, je voulais qu'elle me réchauffe. La neige avait recouvert le jardin et les toits voisins. La blancheur recouvrait toute chose. Je ne pensais à rien de précis, je vivais cet instant comme un instant de douceur. Comme une consolation infinie pour ma tristesse, pour tout ce qui la dépassait. Comme une absolution vitale.

Nous sommes restés un long moment comme ça, sans bouger, et j'ai fermé les yeux en suppliant que cet instant ne s'arrête jamais.

Un peu après, la neige a fondu, et une boue épaisse a recouvert la ville. J'ai pataugé dans cette boue pendant des années. Les paradis n'appartiennent qu'au passé, quand tout était simple et doux. Après, la vie se dégrade, et les caresses s'épuisent. On tente misérablement de rattraper le soleil d'avant, mais les échos s'éteignent. Il ne reste tout au plus qu'une vague décharge de vérité classée dans la mémoire.

Et une trace d'or dans le ciel obscur, mille oiseaux à réaction que la détonation a effrayés : « PAN ! Je suis un adulte ! »

CHAPITRE 2

« Quand tu descendras du ciel... »

J'ai marché sous la pluie pendant un certain temps. Je ne me souvenais plus du code de l'immeuble de Florian. Je l'ai appelé, mais ça ne répondait pas. Alors, j'ai attendu que quelqu'un sorte pour pouvoir entrer. Un calme inquiétant reposait mon corps. C'est une femme blonde qui m'ouvrit la porte. Elle me fit un sourire, et disparut aussitôt. J'ai monté les trois étages. J'ai sonné, et j'ai senti une agitation de l'autre côté de la porte. Je ne sais pas pourquoi, mais je ressentais le besoin de voir Florian. Je sentais que j'allais trouver auprès de lui quelque chose dont j'avais besoin.

La porte s'est ouverte, et une femme est apparue. Elle me regardait d'un air hostile comme si j'étais venu lui vendre des articles sans intérêt. J'ai repris ma respiration et je lui ai demandé si Florian était là. Elle m'a répondu que je devais me tromper d'adresse. Elle venait d'emménager. Mais, selon ses informations, l'ancien locataire ne s'appelait pas Florian. Je n'ai rien dit. J'ai fait demi-tour.

J'ai décidé de marcher jusqu'à la Seine. Je ne recherchais rien de précis. J'avançais. Il y avait des couleurs tout autour. Je me suis arrêté au milieu du pont des Arts. Je regardais la Seine couler. À un moment, une femme s'est approchée de moi. J'ai senti sa présence avant qu'elle me parle. Je me suis retourné. C'était une femme âgée qui vendait des petits bouquets de jonquilles. Il ne pleuvait plus. Elle m'en a tendu un. En retour, je lui ai donné une pièce de dix francs. Puis elle s'est éloignée.

C'est à ce moment-là que je l'ai vu. Il était à quelques mètres de moi, seul. Un manteau long tombait jusqu'à ses pieds. Il regardait droit devant lui, et le vent soufflait sur son visage d'enfant. Il devait avoir six ans. Ses cheveux avaient la couleur de l'or. On aurait dit le Petit Prince. Il semblait venir d'une autre planète. Je me suis demandé de quelle planète il pouvait venir. Je n'ai trouvé aucune réponse sensée. Il regardait les péniches couler sous le pont. Ses yeux brillaient d'émerveillement. Je me suis approché de lui.

— Bonjour.

— Bonjour.

Il fixait toujours les péniches, en fronçant les sourcils comme si le soleil l'empêchait de regarder au loin.

— Qu'est-ce que tu fais ?

— Je regarde l'eau.

— T'es déjà allé sur une péniche ?

— Non, mais je connais quelqu'un qui en a une.

— Il vit dedans ?

— Je sais pas.

Il avait un regard doux, et je ne comprenais pas ce qu'il faisait juste en face de moi.

— Tu attends quelqu'un ?

— Oui, fit-il avec un sourire complice.

— Qui ?

— Je sais pas.

— Tu es tout seul ?

— Non.

Il me montra le jouet qu'il avait dans la main droite et le secoua au-dessus de l'eau. C'était une peluche du Père Noël.

— Tu savais qu'à l'origine le Père Noël était vert ?

Il me regarda, un peu amusé par ma stupidité. N'importe quoi. Tout le monde sait que le Père Noël est rouge. Oui, mais avant. Avant quoi ? Je sais pas, avant. Il haussa les épaules. Apparemment il ne me croyait pas. Quel âge avait-il ? Six ans, peut-être sept. Est-ce qu'on croit encore au Père Noël à cet âge-là ? Je ne me souvenais pas bien. On oublie si vite d'où on vient.

— Dis-moi quelque chose. Tu crois au Père Noël ?

— Quoi ?

— Tu crois au Père Noël ?

Il détourna le regard comme s'il ne comprenait pas ce que je lui disais. Il s'amusait à faire marcher sa peluche le long de la barrière. Elle faisait d'immenses pas en l'air, volait presque, et résonnait, dans sa petite bouche, comme un bruit de moteur très impressionnant.

— Il vole, ton Père Noël ?

— Je sais pas.

— Il n'a pas d'ailes...

— Si.

— De toutes les façons, ça change rien au problème puisqu'il n'existe pas, le Père Noël.

Ses yeux se brouillèrent. Il gardait sa petite bouche ouverte, mais il ne disait rien. Il semblait hésiter, tenant son petit bout de chiffon en l'air comme pour mieux se convaincre. Le pauvre, il était la victime d'un mensonge collectif. Il faisait son premier pas dans la vraie vie. Et je me sentis la mission, au regard de toutes les déceptions que j'avais vécues et qui m'avait bousillé, de le prévenir, de prévenir toutes les souffrances auxquelles il était promis.

— Tu t'es bien fait avoir, mon petit. C'est simple : on te prend pour un con depuis que t'es né. Et ce n'est pas près de finir. Au contraire, ça ne fera qu'empirer. Il ne faut pas que tu t'attendes à être heureux. Parce que tu attendrais toute ta vie. Toi, mon pauvre, tu n'as rien demandé. La vie est un piège à cons. On ne choisit pas de naître, on ne choisit pas sa tête, ses aptitudes, tout nous est imposé. Et on doit se démerder avec tout ça pour survivre. On doit aller à l'école tous les matins pour en arriver à ce résultat glorifiant d'être oublié quelques heures après sa mort.

Il ne savait manifestement pas comment réagir puisqu'il ne réagissait pas. Je me suis dit que je devais lui donner des exemples plus concrets. Être plus pédagogue.

— À l'origine était le Père Noël, et le Père Noël était vert. C'est Coca-Cola qui a décidé, dans une campagne de pub, qu'il serait rouge. Personne ne le sait, tout le monde doit se dire que c'est n'importe quoi. Et pourtant, non, c'est triste à dire, mais c'est ainsi. Le Père Noël est une ordure de capitaliste. D'autant plus qu'il n'a jamais existé. Je sais, tu ne me crois pas. Tu te dis que je mens. Ceux qui disent la vérité sont toujours pris pour des menteurs, parfois pour des assassins. C'est d'ailleurs comme ça qu'on les reconnaît. Tu te dis que je mens parce que tu l'as vu, le Père Noël, tu as reconnu sa houppelande rouge et sa longue barbe blanche un soir de décembre. Tu étais petit et tu n'as pas déjoué l'imposture. Les adultes sont obligés de se déguiser pour faire rêver les enfants. Ils savent bien que la vérité nue est un cauchemar. Tu verras, après ce sera pire. Car les gens

120

se déguiseront encore, mais ce ne sera pas forcément pour te faire rêver. Un jour, on est tenu de devenir adulte. En général, on dit que c'est plutôt bien. Mais, en réalité, c'est le début d'un vide terrifiant. Savais-tu que la matière est essentiellement faite de vide ? Quand on regarde les choses au microscope, on voit des atomes. Eh bien, les atomes sont composés d'un noyau et de plusieurs électrons qui tournent dans le vide. Pour imaginer les proportions, le noyau, c'est comme si tu mettais une bille au centre de la place de la Concorde. La bille, c'est la matière. Le reste de la place, c'est le vide. C'est pour ça qu'on est fait essentiellement de vide. Plus on grandit, plus on a d'atomes. Et plus on a d'atomes, plus on est composé de vide. La vie est une naissance à compenser.

Et tu la compenseras de la même manière que tous les autres. Tu te satisferas de choses minuscules. Pour masquer les nuages, tu inventeras de petits soleils sans intérêt, des soleils ridicules, pâles et tristes. Tu parleras fort pour couvrir la croissance du vide, tu n'iras nulle part, mais ce sera en y courant. Et la vie passera bien vite.

Pour donner un peu dans la grandeur, comme tout le monde, tu te joueras la comédie de l'amour ; une histoire laide comme la mienne te suffira. Tu seras rassuré sur ta disposition de cœur, tu pleureras, et ce sera bon. Car rien n'est plus angoissant qu'un cœur qui ne bat plus. Mais, au fond, tu parleras d'amour uniquement parce que tu en auras vaguement entendu parler, rien de plus. Car nous n'aimons pas, nous sommes d'une sécheresse inquiétante, nous poursuivons notre enfance égarée avec la dépouille de cet amour et des siècles de rides à l'endroit du cœur ; l'amour est mort, et, comme pour tout le reste, nous trichons. C'est d'ailleurs ce que nous faisons de mieux aujourd'hui.

Il y a environ deux milliards d'enfants sur la Terre. Mais tous ne sont pas chrétiens, et le Père Noël a la sagesse de ne s'occuper que des chrétiens. Ce qui réduit sa charge de travail et de soucis à environ trois cents millions d'enfants. Si l'on postule que chaque maison abrite trois enfants, on peut évaluer qu'il y a cent millions de cheminées à escalader dans la nuit. On considère que le Père Noël dispose de trente et une heures dans la nuit (en comptant le décalage horaire et son propre mouvement autour de la Terre). Pour être plus précis, il doit assurer pratiquement mille visites par seconde. Autrement dit, Barbe-Blanche dispose d'un millième de seconde pour sauter de son traîneau, trier les cadeaux correspondant à la maison qu'il vient visiter, descendre par la cheminée sans se casser la gueule, trouver le sapin, ranger les cadeaux, faire éventuellement une apparition éclair auprès des enfants crédules, les embrasser pour leur laisser des rêves plein les yeux et leur faire croire que la vie sera belle, se faire tirer la barbe, ne pas s'impatienter, faire demi-tour, escalader la cheminée, ne pas y parvenir, faire le tour par le jardin sans se faire voir, siffler les rennes pour qu'ils se ramènent, faire une pause pipi, et repartir vers la prochaine maison. Tout ça, en un millième de seconde. Même dopé, ce serait impossible. Le Père Noël n'existe pas.

— ...

J'ai regardé le Petit Prince. Je lisais dans ses yeux un certain mépris. Et je me suis dit que c'est exactement ainsi que m'aurait regardé l'enfant que j'avais été si l'on s'était croisés. Mes mains tremblaient encore. J'attendais une réponse, une réaction de sa part, mais il ne disait rien. J'ai voulu lui proposer de lui dessiner un mouton, mais je ne savais pas s'il aimait ça, les moutons. Puis il a haussé les épaules et m'a tiré la langue avant de s'enfuir au loin.

Je suis resté seul un certain temps. J'aurais voulu annuler cette histoire. Retrouver la douceur d'avant. À un moment, je me suis demandé ce que devenait la blancheur après que la neige eut fondu, mais je n'ai pas trouvé de réponse.

J'ai niché mon visage dans le jaune des jonquilles, je les ai nommées Lou et, *d'un geste enfantin*, je les ai jetées par-dessus bord. J'ai ensuite regardé avec nostalgie la tache jaune s'éloigner avec la Seine, elle apparaissait à intervalles réguliers, se mélangeant parfois avec l'eau, et, au moment où je m'apprêtais à conclure que les jonquilles flottaient, une petite vague formée au creux d'une péniche les a recouvertes, et, comme pour la fin d'un mauvais roman, on ne les a plus jamais vues.

Fin

DANS LA MÊME COLLECTION

À PARAÎTRE

7318

Composition Nord Compo
Achevé d'imprimer en Europe (France)
par Brodard et Taupin à La Flèche (Sarthe)
le 05 novembre 2004. 26721
Dépôt légal novembre 2004. ISBN 2-290-33603-3
1er dépôt légal dans la collection : juillet 2004

Éditions J'ai lu
84, rue de Grenelle, 75007 Paris
Diffusion France et étranger : Flammarion